U0099294

尋找希望的星空

呂大明著

三民叢刊 80
三民書局印行

代序：詩性直覺的散與合

——讀呂大明的《尋找希望的星空》散文集

祖慰

打開呂大明的散文集，那展開兩面的書頁是她給你的心靈安裝上的兩翼。轉瞬間就飛抵她筆尖下方塊字的蒼穹：或者是印象主義畫派宗師莫奈式的薄霧內的「日出」絢麗，或者是小提琴琴聖帕克尼尼加上弱音器後的弦上之歌，或者是《詩品》作者鍾嶸所述的思接千載、心騖八極的大跨度時空之旅，或者是印度文豪泰戈爾老翁的參悟——現實人生的呼喚在藝術靈魂重重峭壁上的創造性回音……

《尋找希望的星空》是呂大明的第十本散文集。第十對翅膀。「十」，是一組抽象數字累積成的一個圓滿；呂大明也在這「十本」之上確立了在當代中國文壇散文領域中有鮮明個性的一家。

我在讀呂大明的這本散文集之前，讀了一本新托馬斯主義的代表人物——法國當代著名的宗教哲學家、文藝理論家、美學家，和呂大明有相同信仰的天主教徒雅克・馬利坦(Jacques Maritain)的《藝術與詩中的創造性直覺》。在我的「閱讀燒瓶」中，這兩本書產生了奇妙的化學反應：似乎馬利坦是為呂大明的散文集在寫論文，又似乎呂大明是為馬利坦的論點提供註脚而在寫散文。兩書的最終化合物是：詩性直覺，是馬利坦和呂大明用兩種文體共同界定的含著智性的詩性直覺，不同於柏克森和和克羅齊的直覺說的非理性直覺。

●

散文的大家與小家之分，在於是全「散」還是半「散」。呂大明的散文完全是「散」的自由集合，那些「散在」的「詩性直覺」像夕照下鳥投林似地自由而隨機地飛進方格稿紙。

〈世紀愛情四帖〉，寫的是四個還在進行式的鮮活的本世紀之愛。第一帖寫的是法國山野獨家小屋裡的四十多歲的南妮與南非來的船長兼作家的候鳥式的愛。在鳶尾花叢中有情人雖來去匆匆，但卻仿效著希臘神話中接待主神宙斯父子的菲立孟與波雪斯的永恆。似乎作家要說一個刻骨銘心的發生在現代卻又是古希臘神話的活化石的愛情故事，可作家根本不進入小說式的故事框架以免被束縛住「散」。靈動華美的文字是一群飛鳥：五月的月光，山野小屋的探訪，希臘神話中的好客的女主人，南妮的身世，風信子典故的反襯，點燃白晝的梵谷畫過的鳶尾花，早餐桌上出現的船長，小約翰・史特勞斯的〈藍色多瑙河〉的人生意蘊，落日中的情人之別，願化作希臘古廟前的兩株枯木，重演一個本世紀的愛情神話，作家的沈重步履及泫然熱淚等等。正是這些散在的互不構成故事因果鏈的自由的詩性直覺，飛落在短短幾百個方塊字中，構成了「鳶尾花變奏曲」。讀到這裡，我幻視到馬利坦在引出他在《藝術與詩中的創造性直覺》中的句子，寫在這第一帖的上方作為眉批：詩，不從屬於任何一個對自己行使控制權的對象，詩是人類最自由而逍遙的精神釋放。

第二帖〈期待那一株水仙〉，寫的是去諾曼底海邊，讓播種在作家心裡多年的那株「水仙」——巴黎大學指導自己寫法國歌謠論文的導師篤澎在二次大戰戰火中與芬蘭女子邂逅、熱戀、速別成永離的愛。但是，作家偏偏只用淡墨點染這淒絕之愛，大部分文字在「散」述別的「詩性直覺」，似乎已喧賓奪主，然而，當重賓輕主集合在一起時，卻成了感人肺腑的情詩：當你成為遠古的一把灰，你睡了／你怡悅的聲音留在人間／你的夜鶯清醒著……第四帖像海頓用民俗音樂寫成的交響樂章般華美的婚配，天作之合的一半卻被上天帶走了，使得留下的人總幻想著他只是在地球另一端旅行，像聽海頓第四十五交響曲《告別》。呂大明的筆已入詩境，可是她絕不進入詩的韻律框架，而盡情的散去又合來。若馬利坦讀了會說什麼呢？他說：「詩性直覺一旦存在（即呂大明多年孕育的『水仙故事』），就是智性的前意識生命幽淵中的一種創作衝動，這種創作衝動可能被長期珍藏在靈魂中，永遠不會被忘卻，直到有那麼一天，它從沈睡中醒過來，不得不進行創造。」

另一篇〈現代婚姻的故事〉，記敘了三個完美璧合婚姻的無奈破落：第一個像水晶玻璃雕塑作品似的婚配卻成了一堆水晶齏粉，不可能修補；第二對婚偶中的女方本有「紅桃皇后」牌中的紅色桃心，沒多久卻無奈地變色為「黑桃皇后」，桃心由紅變黑；這三個故事的架構，似乎呂大明要論說一下「現代婚姻」脆弱的種種原因了，可是她仍然用「全散」的詩性直覺意象去「論說」，而不進入邏輯的論說框架。縱使呂大明有一篇散文已經取了〈賢人政治〉這種標題，她還是不進入論說文框架而用詩性直覺去論。為什麼她能「散」而論之？馬利坦代她詮釋了：詩性直覺中的意義是複合的，有意象傳達的語詞概念意義（邏輯意義），有語詞的想像性含義，以及語詞間相關聯而營造的似朝霧夜露的氤氳氣味的神祕含義。總之，詩性直覺有著涵蓋邏輯、想像及語詞關係多重意義的複合義。呂大明特別善於用「散」的排列而供讀者去組合出「朝霧夜露」似的靈性語義，耐人尋味的雋永語義。

在呂大明的這本散文集裡充滿著：講小說中的故事，而又不進入故事框架；抒詩歌中的濃烈的情愫，而又不進入韻律的框架；論論説文中的論題，而又不進入邏輯框架。呂大明的散文不被任何文體所拘禁，她的詩性直覺凝聚的意象之水珠，像天降甘霖似地全散、大散地灑向讀者的心地。正由於她的被馬利坦所界定的詩性直覺中含有邏輯、理性、情感、想像等複合語義，它們就像散落的雨珠一樣，通過地上溝壑的曲折迴流及地下水的複雜滲透，然後合成江河湖海，合成散文的整體閱讀感。

大散和隱合，構成了呂大明頗見功力的獨特的散文風格。

●

這本集子裡主要收的是呂大明一九九三年前後的作品。一九九三年，她的外子幸遇好的機會，離開巴黎而回臺灣工作揚其所長了，逼著呂大明從她的超拔於塵世的詩國中走出來，上了從商的「水泊梁山」：接過外子經營的一爿店。文友們曾為她疑慮過：當代做藝術的人是時間上的大奢侈，呂大明每天面對著十分生疏而又繁亂的商務，還有時間寫嗎？若硬擠出時間去寫，會不會一改她唯美的「天國散文」風格而成塵世苦咏呢？

這本集子對文友的憂患作了否定的回答。她不僅在不開店的節假日裡寫，還在無客登門時的生意時間縫隙裡讀和寫。據她介紹，她仍然每月有五六篇作品在臺灣各報的副刊發表。

她的文風，不僅沒有投影上一絲生意人受困受制的心理之擾，反而比以往寫得更無掛無礙，更自在逍遙。收進這第十本散文集中的四十篇作品，沒有一篇是描述她的很不容易的經商生活的，她寫的依然是「在柳意迷離的曉霧中，在花夢零落的五更天，在蝶化絲衣，春臨閭巷的時辰……演出是一齣齣題名為『美』的劇，那種美的情感讓人不忍割捨，那種情感留它似夢，送它如客。」（一九九三年四月，發表在《中央日報》副刊的〈留它似夢，送它如客〉）在巴嘉蒂園裡的晚春，作家送走的是用落英的繽紛染成彩翼的雉鳥，留下的是「木豆樹已含苞，絲樹就要開出火焰花，山毛櫸也將垂成綠色的瀑布……」。即使是魯瓦河上落葉的秋，仍是「瑤琴音泛」，魯瓦河是一張黃金七弦琴，唱著亨利二世與黛安娜的雖屬舊時光但依然似「心靈的纖維在編織一匹繽紛的緞」的華美的愛之歌，作家在魯瓦河琴弦的伴奏聲中臨風咏嘆，似夢也是客。

馬利坦用哲學語詞詮釋了呂大明沒有讓生意人侵襲唯美散文人的「呂大明現象」。他說，文學中精神性的創造性自我（self）和生活中的以自我利益為中心的物質性自我（ego）應該區分開來。「詩歌的我是實體的關於生命的和愛的主觀性的深奧，它是創造性自我，一種作為行動的主體，表示出精神的作用特有的透明度和達觀性。在這一點上，詩歌的我類似聖人的我。」正是呂大明能將創造性的自我（self）超然於生意場上的自我（ego）之上，達到她所虔誠信仰的主的聖我，才仍有更為超拔、自由、華美的篇章不斷問世。

雪萊說：與詩性靈感自然相逢的「精神狀態」與每一個基本的欲望處於交戰狀態。——呂大明的散文正是交戰之後的凱旋樂章。

泰戈爾說：藝術是現實在呼喚時，人類求創造的靈魂的回應。——呂大明的散文正是現實的呼喚，經過她所信仰的「聖我」的淨化，讓其在靈魂壁上激盪而成的多重回聲的錄音。

如果不是這樣或不能這樣，他就不是以詩性直覺服務於人類的人，而是其他各行各業的人，儘管詩人作家的行當並不比別行優越。

一九九四年四月 於巴黎

目次

尋找希望的星空

一九八四年我回到臺北，住在天母家中，一個冬日的下午，仿古瓷爐燃燒炭火，往日，我怕冷，總是守在爐邊讀書寫作，陪伴當時才五歲的女兒。那個下午，我心境有點像孤獨在異鄉暮色籠罩的長廊間徘徊，竟有幾分傷感……我擱下書與稿紙，去翻找屬於我的「記憶」，譬如兒時父親送我的古典樂舊唱片，母親在我十六歲生日爲我縫製的白色紗裙，師友的斷墨殘簡……還有那一大卷我得來的獎狀，不是爲了虛榮，那是一份情感，雕鑄已逝年華的一塊殘碑……

我那份「記憶」已跡不可尋，愛整潔的二弟早將所有這些舊物都當垃圾燒毀了，包括那一大卷獎狀，那一張張印著「品學兼優」的獎狀，是有些來歷的，其實在文友當中，我不算書唸得最好，譬如我只是一名巴黎大學博士班研究生，卻沒能完成博士學位……從小學、中學、大專到國外留學，我也曾數度是考場敗將。直到今天，我還常夢到交白卷，那種心驚膽戰，像宣告世界末日的滋味，記憶猶新。

小學我唸中山國小，成績一直是名列前茅，沒有嚐過考試失敗的經驗，上金華女中初一上學期，我的功課一落千丈，英文幾臨不及格邊緣，我變得十分憂鬱，對人生、前途都感到悲觀黯然……

有一天下課，那位年輕高個兒的級任導師讓我幫他拿同學的作業本回辦公室，我們的課室在樓上走廊的末間，離辦公室有一段路程，我一聲不響跟在老師身後，他故意減緩步行的速度與我並排走。

「你的作文成績那麼好，應該是能唸書的孩子，可是你的成績並不理想……」老師終於開口了。

「我就是唸不好，尤其是英文，我不知該怎麼辦？」我囁嚅地說，幾乎哭了。

「世界上沒有不能克服的困難，書唸不好，就是努力不夠，如果你覺得唸不好，別人唸一遍，你唸十遍，別人唸兩遍，你唸二十遍，有這樣的恆心和毅力，世界上就沒有可以難倒你的事……」他停在樓梯口的角落裡，語氣雖然有幾分責備，神情卻不嚴厲，從樓梯口窗外反射的光線，就照在他臉上，不是《吾愛吾師》薛尼鮑迪那張臉，是一張斯文的、有書卷氣中國年輕師表的臉，我肅然起敬。從那一刻起，我發誓要將書唸好，我背英文單字，虛心向隔鄰高班同學請教數理，整個寒假，我閉門讀書，父母也配合我，爲我請了一位英文家教，每星期教我三小時英文。

初一第二學期，我的成績又名列前茅，而且在學業考試中英文高達九十七分，數學滿分，都獲得獎評，這時最感到高興的不是我自己，是我的級任老師。

後來，在無以數計的大大小小考試中，我也曾失敗過，但我都能再振作起來，面對另一次「希望」。不只考試，在人生的歷程中，處處是絕望的陷阱。瓦茲（Watts）的畫〈希望〉，畫中星空神祕的氛圍在擴散……圓形球體上坐著垂首撥弄空弦的少女，正逐漸滑入一個黑暗孤獨沒有音樂絕望的世界……瓦茲卻在這幅畫題上標寫「希望」，晚星的光芒將會是黎明的導航員，豎琴的一根弦也會再奏出「生命之歌」。

這幅畫的背後原有這麼一段情節，老畫家瓦茲的花園，黃昏暗中透著沈澱過深藍色的天空，就留在松樹與松樹的隙縫間，還有閃爍的星光……

瓦茲指著星空對美術評論家珍可・塔布納說：「希望就在那裡！」

絕望神祕懸接著希望，超越絕望，希望的星空就呈現在眼前。

每年暑假，年輕學子都要面對「考關」，能順利通過固然值得慶幸，就是失敗了也不必頹喪，要有勇氣接受失敗的教訓，更要有勇氣去尋找那片希望的星空。

一九九三、四、一《中華日報》副刊

情牽中國

●

每逢冬天歐洲奇寒，我易患支氣管炎，就會咳嗽不停，父親給我寄來研成粉末的川貝，我加開水、蜂蜜，服藥數天，就不再咳嗽。父親並不懂中藥的處方，川貝治咳，想來也是從母親那兒學來的。

母親是典型中國古典幽淑的女子，母親也是新時代的女性；她中學時代正是抗戰時期，她也加入後方抗戰愛國行列中，演戲、辦刊物、演講，慷慨激昂……她的古詩詞寫得極好，歷數十年不曾間斷，前年她將所寫的詩詞印成書册，名爲《縑痕吟草》，贈送親友諸兒女留念。她自幼失怙，與兄長（我的四舅）感情深厚，她的〈哭兄辭〉就有「挑燈習夜課，兄長爲吾師……年五兄十五，慈母長別離，相依如雛燕，從此是孤兒……月下論今古，共讀前人詞……」寫盡了手足深情。

四舅是才子型的人物，精通詩詞書法，他是西南聯大的高材生，但外公死後，不得不輟學南渡，繼承外公在南洋的事業，爲此母親常爲他才氣被埋沒感到痛惜。四舅生前，她經常與他魚雁往來，信中也經常互相以詩詞酬答；四舅死後，她很悲傷，而寫下：「愁雁離群聲咽咽，悲鴻失序日蒼蒼」之句。

母親不但舊詩詞寫得好，而且精通中藥，讀遍「本草」一類的書籍，如醫治血氣虛弱的人參養榮湯，她一口氣就能寫下：「白芍、人參、蜜炙黃耆、當歸、白朮、熟地、炙甘草、茯苓、遠志、北五味、桂心、陳皮加薑一片，棗二枚。」這帖處方。母親也常以四物湯、熟地、當歸、白芍、川芎來燉雞，當爲清補藥方，又如以款冬花加白蜜、川貝、胡桃肉來治瘖瘂……

母親自認爲不是醫生，除了一些無傷身體的藥草和清補食補的處方，她從不隨便開藥方，但如有人請問她什麼是五皮飲、四苓散、桂枝湯、六君子湯……或龍膽草、山茱萸、艾葉、石菖蒲……有什麼用途，治什麼病，她都能一一解說。

母親對世間的事物都有一種「靜觀自得」的態度，她最欣賞古典傳統的「中國」，尤其是古典傳統中國的「美」，譬如她解說「本草」，我就會聯想起《紅樓夢》寶釵解說「冷香丸」那帖藥方，我讀《紅樓夢》這段文字印象很深，就是不再翻閱《紅樓夢》來對證，也能記下這帖處方，那是：

春天的白牡丹花蕊，夏天的白荷花蕊，

秋天的白芙蓉花蕊，冬天的白梅花蕊。

各十二兩於次年「春分」這天曬乾，和藥末子一齊研好。又要「雨水」這天的雨水與「白露」這天的露水各十二錢，「霜降」這日的霜，「小雪」這日的雪也各十二錢，將這四樣水調勻和藥，再加蜂蜜、白糖，丸成龍眼大的丸子，盛在舊磁罈內埋在花根下……

我沒眞的見過這樣一帖藥，想來一定芳香無比，而且讓人一讀這帖藥方，病就好了三分。

母親，在我心中就如《浮生六記》中的芸娘，是中國女子美的形象，但母親最偉大的地方是「愛」，她對子女的愛是無私的，平生任勞任怨，撫育我們長大成人，當我們灰心、失望、孤單、黯然的時刻，母親總是不斷鼓勵我們。弟弟獲得美國威斯康辛大學博士，她寫詩祝賀他，寫的是：「護國千秋代，代代出儒賢，所以維史策，端在齊治平。渭水流芳遠，耕讀世世傳。吾道原不孤，繼志學有專……」我生日，她也寫詩來勉勵我，寫的是：「才氣已令名，翰墨振家聲。浮雲人間事，文章百世情……」

我離國離家已近十六年，母親經常在加拿大、美國，偶然來英倫、來巴黎與我相聚，也是行程匆匆……我已久沒服過母親的處方，當我初接到父親寄來的川貝，想起年邁的雙親，就禁不住抆淚嗚咽了……

●

一個晚上，我們到一位法國女市議員家中參加晚宴，那不是普通餐宴，而是有餘興節目，女市議員的一群對戲劇有興趣的朋友，準備演出一齣宮廷戲劇。

那晚參加晚宴的賓客衣冠都特別合乎古禮，雖不穿古裝，但男士黑色緞領的西服，加上花邊的白襯衫，也稱得上古典，女士們則穿著垂地的長禮服。

在女市議員古老、寬敞的宅第中，衣香鬢影，氣氛優雅，而參加演出即興劇的演員，則穿戴路易時代的衣服，並且還有樂隊助興。

晚宴時來賓特別興奮，話題中也離不了法蘭西大戲劇家：高乃依、莫里哀、拉辛……準備參加演出的來賓也顯得很嚴肅，似乎自己正要登臺演出高乃依的《席德》，莫里哀的《僞君子》，或拉辛的《非德爾》……

這齣以路易十六時代爲背景的即興劇上演時惹來不少笑話；上場時演員似乎都抱著「鄭

伯繻葛敗王師」的心境，但畢竟是業餘演員，雖取勝心切，臨陣一片淩亂，有的忘了臺詞，有的偷偷將臺詞抄在一張小紙片上，本是一段悲感的對白，因演員沒有表情而表達不出劇中的氣氛，這齣大革命時期的悲劇正演到高潮的一刻，臺下觀眾卻忍不住爆出了笑聲。

但即興劇的演出算是達到眾樂樂的目的，而且那晚的樂隊是很夠水準的，所演奏的一首首宮廷樂，優雅、古典，充滿了柔美的旋律。

在宮廷樂演奏中，我的思潮又回到中國，夏初所作的〈九歌〉樂曲是中國古代的宮廷樂曲，〈九韶〉也是宮廷樂曲……。古代的中國是那麼講究繩墨，中規中矩，現代人一談到「古」，就將它當成一隻破包袱，其實這破包袱裡也有不少寶貝；蔡文姬的父親蔡邕曾親筆撰寫六經，鐫刻石上，立於都城洛陽太學門外，就是聞名的「熹平石經」，而且他善琴，有一回他經過會稽向一位農人討水喝，農人以桐木當柴燒火炊飯，這位蔡中郎聽到柴火爆裂聲，就知道是上好的木頭，就向農人討了那塊木頭，回家製琴，果然音色極美，因爲這塊桐木已經燒焦，所製成的「焦尾琴」名聞一時。

古人凡事講求繩墨，在禮樂、詩書的貢獻是不可否認的，荀卿的〈勸學〉裡說：「故不登高山，不知天之高也；不臨深溪，不知地之厚也。」古人所追求的就是「精」字，所以選木製琴要精，琴的音律才會美，讀書也是要精，要如登高山、臨深溪，才能深入學問的淵博精妙。

我想，在摒棄中國古代這隻舊包袱之前，也不能太草率，單就「古文」來說，其中就不知有多少機杼之才、多少戛玉之筆，這些擲地有聲的鏗鏘文采也是中國文化的瓌寶，扔了豈不可惜？

荀卿又說：「玉在山而草木潤，淵生珠而崖不枯。」讓古代的珠玉留在我們生活的現代世界，也就爲了相信山中存有玉石，草木就會顯得滋潤，水中藏有珍珠，崖岸就不枯竭，我想誰都不願意拒絕一個珠圓玉潤的世界罷！

●

漢朝的樂府詩有許多都是動人的詩歌，如〈戰城南〉、〈陌上桑〉、〈飲馬長城窟行〉、〈焦仲卿妻〉、〈江南〉、〈東門街〉、〈婦病行〉……

〈焦仲卿妻〉以「孔雀東南飛，五里一徘徊……」爲開場詩，寫出中國的「殉情記」，但這齣殉情記並沒有多少羅曼蒂克的情調，而有很深的寓教色彩。

這首題爲「古詩無名氏爲焦仲卿妻作」的長詩，其中有許多綿麗、淒楚，令人回味無窮的詩句，可惜作者已失傳，如形容婚聘的情景，「青雀白鵠舫，躑躅青驄馬，流蘇金鏤鞍……」如仲卿與蘭芝話別，表明自己感情的堅貞，「磐石方且厚，可以卒千年，蒲葦一時紉，便作旦夕間……」如仲卿拜別阿母，「今日大風寒，寒風摧樹木，嚴霜結庭蘭……」這些民間的詩歌，文字如一塊璞玉，是自內心吟詠出來至情至聖的心聲。

〈東門行〉的寓教色彩更濃：

「出東門，不顧歸；來入門，悵欲悲。
盎中無斗米儲，還視架上無懸衣。」

詩中的主人即將拔劍東門去，永遠不願回頭，爲的是生活的逼迫，但臨去前十分悵然，妻子大義凜然，挺身而出，規勸他不能鋌而走險，她不貪戀富貴，願與他一起喝粥度日。反觀今日社會風氣與道德的低落，不是爲了家中無斗米，架上無懸衣，而是爲了金錢的引誘，如果每一位爲人妻爲人母的女性，都能像〈東門行〉這位大義凜然的婦人，要挽救道德淪亡，改變社會風氣還是指日可待的。

我每次讀〈婦病行〉，就忍不住掩卷而泣，短短的篇幅寫盡了人間訣別的哀情。連年累歲病入絕境的婦人，臨終前懇摯地叮嚀她的丈夫，要他善待孤兒，不要讓他挨餓受凍，不要鞭笞他……

讀到「入門見孤兒，啼索其母抱。徘徊空舍中……」就覺得天地草木都同悲了。這些民間的唱辭不是來自濡染的大筆，也無蒼茫弔古的豪情，只是那麼沈鬱地訴說市井小民的心聲，同樣的感逝傷別，就沒有文人筆下的春聲、秋聲，不以千絲萬縷的垂楊來比離愁，不以韶華逝水來說「歲華」，而寫的那麼哀怨悲沈，也是中國文學史上的另一種「絕唱」。

●

魯貝克老先生與世長辭了，他的名字，像所有逝者的名字，都被列入莊嚴隊伍的行列中。

他曾是二次世界大戰的英雄，那彩色綬帶的勛章就佩在他遺體的胸前。「爲自由、爲眞理而戰！」那是他最後叮嚀他的家人刻在他墓碑上的墓誌銘；以這樣的墓誌銘，來紀念這樣一位老兵是最恰當的，自由眞理的戰役沒有結束，老兵永不死！

魯貝克老先生生前好友：杜爾・封・密辛貝老先生也來參加葬禮，他是德國人，卻最痛恨納粹，他說：「我不承認希特勒時代的德國是我的國家，我不會爲那樣的國家被戰敗而掉一滴眼淚，那個時代、那個國家是給一位暴君糟蹋了，也毀滅在他手裡，我與魯貝克站在同一陣線上，爲自由、爲眞理而戰！」

因爲這樣的兩位老兵，一生一死都在葬禮的行列中，使葬禮顯得格外莊嚴。參加葬禮回來，我的情緒很低沈，我想就在這個時代，就在去年，中國大陸也發生那樣一樁天安門的悲劇，使許多中國人到處流亡，不再想那錦繡山河，不再想那裡的家園……有的甚至拋妻棄子，有的與親人音訊永隔，流落異鄉有一棲息之地也算好，就怕異國異鄉連一處立身之地都沒有……

「我一位遠親以偸渡方式跋涉過千山萬水，進入德國邊境被捕，但他沒參加學運，找不出在中國大陸會有任何『困難』的證據，他只說他嚮往自由，當然，這無法過關，就被遣送出境，這樣的例子很多，不只一個他……」一位中國大陸的留學生說。

「中國大陸新的流亡潮像一股巨浪，流亡也許爲了理想，但現實又是怎麼樣的一種煎熬，怎樣的一種情況，誰也無法預料。中國人在海外生活的環境是十分困苦的，先不說別的地方，巴黎陰暗、窄小的公寓裡，一個房間住好幾個人，妳一定想也沒想到罷，而我，就親眼看到……」另一位中國大陸留學生說。

當年摩西獨自在曠野流落四十年，當年摩西帶領他的同胞去尋找一片光明的土地，摩西本來可以養尊處優住在宮苑中，過著王公貴族似的生活，摩西卻選擇與他的同胞一起流亡，摩西沒有覺得自己比被奴役的同胞更高人一等，而中國人原是同一命運的，誰又能以養尊處優而沾沾自喜。中國人，中國人，我們原是血比水濃的同胞手足，爲什麼因境遇不同分出我比你高？

許多流亡的中國人登上異國的邊岸，幸運的覓一棲息之地，不幸的又被遞解出境，越南的流亡潮還沒結束，如今又增加一批新的流亡潮！

這世界，這世界，哪裡又是中國人的家園？

一九九〇、十一、九／十《世界日報》副刊

哺育圖

女兒已十四足歲，過了十月生日就是十五歲，她身高一七○，天生模特兒身段，象牙雕刻的五官輪廓秉承她的外曾祖母與外祖母那種古典雅緻的美。

望著她像一株小樹，霎時間枝繁葉茂，就在我眼前魔術般成長了，一幅〈哺育圖〉一直隱藏在我心中：彌勒筆下三個幼齒的孩子並排坐在石階上，母親以木勺輪番餵食，那也是大自然的一幕，母鳥銜了食物一口一口餵養小鳥……

女兒小時候挺挑嘴的，用勺餵她還得編故事唱歌兒，吸引她的注意力，彌勒〈哺育圖〉構繪出母親的愛，一勺又一勺，有母親的歡笑與淚珠，在丹楓帶霜、荻花葉落的異鄉寂寞時辰，我特別懷念遠方的雙親……

「今天是農曆初一，窗外飄著雨，我獨自待在中山北路寓所，上主賜給我的寧靜的小天地……

你來信三封我皆鄭重置於案頭，父女情深，我就在此為妳覆這封信……

你要注意健康，我始祖太公望以八十高齡佐周開創八百年之天下，靠的就是健康與細密的腦力……」

父親童年時代家境貧苦，他披荊斬棘在人生路上力爭上游，他胸羅萬有，詞鋒犀利，但對我總是軟言溫語，我說我在文壇上只能算是一部大機器裡當那一枚小螺絲釘的角色，父親就深不以為然，他以我為榮，我的九部著作在他眼中篇篇洛陽紙貴。去年十一月回國參加「世界華文作家協會」在臺北成立的第一屆大會，會後我想搬出圓山飯店與臺北家人同住，父親卻堅持我住下來，直到回巴黎，他知道旅居國外的人節儉慣了，就一再叮嚀我三餐要吃好，而每當我要付賬，服務生就神祕一笑說，所有的開支父親已吩咐記在他的賬上了。

父親年輕時代負笈北國，他的愛國情懷都寫在熱情洋溢的詩句中：

壯懷仁義救蒼生，不羨功名羨英明，
萬里江山懷故舊，隻手何能挽乾坤，
珍重此身在天涯，半輪月彩照苔階，
壯士應有斬腕志，風雲際會在北塞。

我在英國唸書期間，父親遠遊異地，寄給我的信札經常附有他的詩稿，其中一篇我特別喜愛，朗朗上口，歷久不忘，詩云：

為愛花開恐來遲，萬里飄蓬淚與詩。
我愧風塵大使客，一書一劍平生志。
萬般情懷無處訴，默無一言上阿蘇。
猶懷上人沈哀句，生世偏逢家國破。

父親樂天知命，他以古稀之年依舊游泳、打網球，他的哲學就是那麼簡單：「存在就是快樂」，純粹斯多噶派。自小他就培養我們的自尊心，對我們期望也高，所以兄弟姊妹無論在藝術上、學術上、商業方面都有他們的成就，弟弟今年榮任奧曼大學農學院院長，也給雙親帶來無比的安慰。

「七十年來似雲煙，富貴榮華何可攀。
今日飄然天外遊，路人笑我是神仙。」

父親文思敏捷，他的詩都是在旅遊中、爐火邊的卽興之筆，我常戲稱他，七步成詩，他的詩豪邁有如其人，但父親對我的愛是細膩無比，他曾送我《莎士比亞全集》爲生日禮物，然後是貝多芬的唱片，有一年他送我一架鋼琴，我沒有音樂天份，〈少女的祈禱〉與幾首卽興的歌是我當年唯一能彈的曲子，多年後我連這幾首曲子也荒廢了，但有一首永恒的曲子將會陪伴我有生之年，那就像詩人齊瓦哥自母親留下的古琴所悟出的詩音……

河深影綽綽，遊艇往來迎，
兩岸白如畫，燈火灼眼盲，
橋上人潮湧，衣香鬢影橫，
酒棚無虛座，笑語滿杯觥……

五年前母親來巴黎與我們共度中秋，她卽興寫下〈巴黎中秋〉的長詩，她國學造詣高，對古典詩句大爲精通，零縑斷札都是慈母的心痕，她淡泊高雅過著「香浮茗椀手中溫，亙古詩書結盤根」的生活。我生日她贈詩一首：「才氣已令名，翰墨振家聲，浮雲人間事，文章百世情。」她以人間最美好的言辭來鼓勵我。

母親也是我文字創作的啓蒙師，我小時候寫作文，她親自督促，研讀古文她親自批注，爲我解釋各類典故的出處，並提供我大量文學讀物……

母親堅強的個性對我影響最深，有一回我受了一點小挫折，免不了寫長信向她傾訴，她立刻回信說：「人生是戰場，都要面臨周遭的挑戰，願上主的膀臂護佑你……」

在某種角度來說，我想我是幸福的，有一雙上主的膀臂，還加上兩雙慈親的膀臂呵護我……

一九九三、十、六《青年日報》副刊

小人物外傳

一、啞　叔

啞叔正在與鄰家張老伯對弈。

我們冷眼旁觀，看來楚漢尚未分界限，一局棋也不知輸贏……

啞叔姓林，他家裡世代書香，世代清寒，到了啞叔這一代，他娘懷胎十月，本想會生出一位翰墨振家聲的人物，可沒想到啞叔一生下來又聾又啞，他娘自嘆再也翻不出「命運」的觔斗，就掩著被子痛哭。

但啞叔自小就是乖巧的孩子，一點也不折磨人，而且這孩子長成後機智過人、俠義過人，他槍法準，幾乎是百發百中。抗日戰爭，他是鄉中英雄榜上的人物，曾一度被日軍擄去，打得遍體傷痕，卻又機智地逃脫了。

啞叔來臺後也擺過書報攤，做過小本生意；他同情鄰居孤兒寡婦，他爲這對母子標會，籌款救濟他們，充分發揮睦鄰的美德。

啞叔不但槍法準，也懂得捕蛇的絕門。他雖不是腳踏草鞋，身穿青布褂專門捕捉「山貨」的捕蛇者，但看他手揿蛇頭，技巧熟練，一點也不輸於專門捕捉山貨那一行業的人。記得我們住在淡水河畔「夏莊」那段日子，房子旁邊就是一片竹林子，有一天清晨，竟發現客廳裡窩藏了一條花斑毒蛇，弟弟們還算勇敢，將客廳門鎖緊，就商討對付這位「不速之客」的辦法。我們姐妹早已嚇得花容失色，最後還是請來啞叔這位沒有牌照的捕蛇師父，才算把這赫赫有名的山貨請走。

啞叔不但喜歡下棋，也童心未泯；過農曆年，爆竹除歲，噼噼啪啪地響，在放鞭炮的孩子群中，一定可以找到頭髮已花白的啞叔。

兩岸開放探親，啞叔回家鄉探望老母。他事母極孝，總是臺灣土產大包小包千里迢迢帶回去孝敬老人家，老人家感動得熱淚縱橫，直悔當初說了「翻不過命運觔斗」那樣賭氣的話……

眞的，一局棋尚不知輸贏，
如果「命運」眞給我們開了一場玩笑，

我們不妨也回它一盤棋。

這道理我還是從啞叔身上引證出來的。

二、大姨媽

臘鼓摧日短，
歲盡草未枯。
點滴寒天水，
思親日月逾。

我翻讀母親的〈哭親辭〉，想到我與母親也有幾年不見。母親五歲辭母，十歲喪父，自小就在兄姐照顧下長大成人。我外祖父母是書香世家，「耕讀」就成了家訓，其實倒是祖父母家應該算是耕讀的，外祖父年輕就留洋，並且經商成功，外祖母跟著夫婿遠渡重洋，她的外貌就如演《深宮怨》時代的珍西蒙絲，水汪汪的大眼睛，精巧的鼻子，一身綾羅錦緞，美得令人目眩。母親就遺傳外祖母的美貌。

外祖母死在華年，長姐就替代母職替年幼的妹妹梳洗，這位長姐就是我的大姨媽，她不過比母親年長五歲，母親原是留著長長的髮辮，在上學前大姨媽除了梳理自己，還要替母親梳長辮子，後來她嫌母親長髮梳起來麻煩，就一把剪去母親的長髮，母親還爲此哭了一場。

小姐妹自幼失怙，不只相依爲命，還在小小年紀就養成堅強獨立的個性。大姨媽是念師範學校的，她的才氣、外貌都不如母親，她是那個時代的另一種典型女性，中國傳統的美德塑造了她，時代的潮流、生命的辛酸、失親的沈痛也不斷衝擊這顆命運陰影下的鵝卵石。

母親海闊天空經常旅遊世界各地，大姨媽一生都留在福建老家，「文革」時因外傳父親在任期間曾將槍械藏在她家中，讓大姨媽數度遭到審問，其實都是不白之冤。

兩岸開放探親，母親日夜籌劃，一對離亂中的老姐妹約定在廈門相聚，就在相逢前一刻，大姨媽因久病，突然辭世，留下這段未償的天倫之聚，在燕子啁啾、楓葉帶霜的異國逆旅中，平添母親無限惆悵……

三、二伯父

感恩無由報，

長記在箴規。
臨風共涕淚，
惻惻天之涯。

除了父母親，世上最鍾愛我的人要算二伯父。二伯父逝世時，我竟連一篇哀悼的文字也沒寫，是不是十七年異鄉異國的歲月已將我內心的悲哀都寫進低嘯的風鳴，朝來的清露，晚來的朝雲，三月間的落櫻，早歸的雁群，甚至是一扇寂寞門扉後那片蒼苔上……

尚未接到二伯父訃聞前，我千眞萬確做了一個夢，我不相信有託夢這類事，但我夢到在松山機場送別二伯父，他告訴我這是他最後一次來臺灣探望我們。他老了，遠行不方便，要我們多珍重……我自夢中驚醒，不忍依依割捨之情，淚痕猶在，第二天我接到他去世的消息……

祖父家境貧寒，雖千里迢迢到北京賣皮貨，一家子仍然徘徊在饑寒交迫中。二伯父十三歲離開家鄉到菲律賓謀生。泣別雙親，臨行一再回頭，並默默在心中立誓：「要榮歸故里！」他從小學徒到大老闆，就像一部人生奮鬥史上的傳奇。經商成功後，他熱心僑務，創辦僑校，他是僑校的校董，也是當地的知名人物，不但家業福蔭子孫，而且扶孤救貧、敦親睦鄰……

一九八三年，也是他最後一次回到臺灣探望親人，他最感遺憾是沒能見到我，接到他死訊前那個夢，似乎替他說出沒能對我說的話。

夢象徵了什麼？已逝的親人到了另外的世界還會找到一條歸來的路嗎？縱然仙凡間有這麼一條通道，也早迷失在雲山霧海中了……可是千眞萬確我這遲歸的遊子竟在夢中與二伯父訴別，十七年來第一次也是最後一次又見到他的音容笑貌——在夢中。

我一向是不迷信。

但這回，爲了二伯父，我相信心是有靈犀相通的……

一九九二、十一、九《世界日報》副刊

衛懿公好鶴

一談到玩物喪志就會想起衞懿公好鶴的故事，如果不是因爲衞懿公荒廢國事，愚頑無能，喜愛鶴原算不了什麼大錯。雅人有雅癖，愛花、愛鳥、愛琴、愛畫本有陶冶性靈的功用，不但不消極，反而是積極的移情作用，如陶淵明愛菊、林和靖愛梅，而寫出那麼動人的詩章。錯就錯在衞懿公愛鶴不是寓寄、陶冶心性，而是近於荒唐，他給鶴封爵位、枕絨毯、披錦衣、坐大夫的車……而百姓的生活困苦，引起民怨載道……

每日攤開僑報，就會讀到僑民對臺灣嚴苛批評的文字，雖然嚴苛，但是出自善意的。關鍵就在臺灣社會道德的敗壞，有一段新聞說臺灣經濟繁榮，而世風日下，人人想發財，金錢就成了罪惡的根源……「衞懿公好鶴」的戲已換了另一些人物，換了場景，繼續在上演。

「金錢」本身就如「鶴」，是不帶「原罪」的，鶴原是孤標傲世的象徵，在澄淨的湖上，看到白鶴臨風，那是多麼美的一景，基度山伯爵得到獄中老人所贈的財富，原是要鼓勵他用這筆錢去開醫院、救濟貧民孤兒、做慈善事業……

衛懿公有一位美貌兼有文才，而又有愛國、救國胸懷大志的女兒——許穆夫人。當狄國攻打衛國，衛懿公死於難，百姓流離顛沛，宋桓公不忍心看到衛國亡國，就召集衛國遺民，立懿公的兒子為「戴公」。這時許穆夫人已遠嫁，她不顧丈夫的反對，就連夜奔馳，傷心地回到衛國，她在父喪、家亡、國破的悲痛中，吟出千古不朽的詩篇〈載馳〉，她自「載馳載馳，歸唁衛侯，驅馬悠悠，言至于漕。大夫跋涉，我心則憂……」吟出國難家難，並大義凜然責斥許國見死不救衛國的愚行，她奔馳過祖國的原野，見到繁茂的麥田，感懷傷痛，她化悲憤為力量，呼求鄰國諸侯共救衛國……

我行其野，芃芃其麥。
控於大邦，誰因誰極。

許穆夫人的詩篇感動了各諸侯，齊桓公派公子無方領軍甲三百、甲士三千支持衛國，各諸侯也紛紛來援救衞國，衞國終得復興。

許穆夫人的愛國、膽識、正義、智慧救了衞國，我們要重整社會風氣，絕不能只依靠一位政府首長，而是各階層、各單位，每一位上司、部屬、老師、學生、家長，……都應負起這個重任。

《左傳》「衞懿公好鶴」這段故事，值得我們深思！慎思！

●

大約生於西元前四百六十八年的墨子，是先秦重要思想家，他的「非攻」就有濃厚的反戰思想。

他先娓娓道來，以進入別人的園圃，偷竊桃李，眾人就加以非議，如果這個人偷竊的不是桃李，而是犬豕雞豚，罪必加一等，至於闖入別人的倉廐，牽走別人的牛馬，罪就更重了。但這些偷竊的罪並不比殺一個無辜的人更爲不仁不義，何況是攻人之國，殺戮無數……

墨子的「非攻」無非是要天下爲人君者行仁政。非攻如果用在個人行爲上就是一種自律；是道德的自律，是行爲的自律，是尊重別人的自律，中國自古以來就是禮儀之邦，禮其實就是自律的發揚光大。

近年來民主思潮盛行於全世界，人人追求自由，這是人類走向進步的現象。自盧梭提倡自由、平等、博愛起，也許在更早期，人類潛意識裡就一直朝著自由、平等、博愛的方向邁進，這種自由、平等、博愛也包括教導人類懂得彼此互相尊重。

在西歐農奴時代，貴族對農奴不以平等視之，農奴沒有人性尊嚴，所以會有追求自由的戰爭。今日，人類仍在爲自由而長期奮鬥，譬如六四學運就是慘痛的一頁，反觀今日臺灣的政議之爭，漫罵、動手打人、扔桌椅、……如果這種有失禮儀之邦風度的行爲，也列入自由的範圍，就實在太離譜了。如以墨子「非攻」的論點來解釋，私自闖入別人園圃偷竊桃李就已經是有罪，而上述粗暴的行爲，嚴重侵犯別人的安危，就是罪上加罪，又如何以「自由」來掩飾呢？

許多偉大的思想來自中國，墨子的「非攻」提出君王的仁政，也談到尊重別人的道理，已經有相當程度的「自由」思想，而法國三大思想家孟德斯鳩生於西元一六八九年，伏爾泰比孟德斯鳩晚生六年，盧梭則生於西元一七一二年，墨子比法國三大思想家早了兩千多年，何況中國的思想家不只一位墨子，傳統的中國是多麼值得驕傲，身爲禮儀之邦的每一位國民更應珍惜這份光榮。

「非攻」不但不應受到時代潮流的摒棄，反而應該將它加上新的注解。

小時候不懂得會彈幾首曲子，能偶而粉墨登場，跑跑龍套，多的如恒河沙子……小時候好勝好強，樣樣想拿第一，別人學琴，我也學，上臺演戲、吹笛、珠算、演講……我都想沾一份光榮，後來我想自己既無音樂天才，也無數學頭腦……

少年時候總是意氣飛揚，年歲漸長就逐漸懂得沈穩，所以我選擇一條「虛心」的道路，花更多時間在圖書館，效法三更燈火五更雞的苦讀精神，尤其在文學創作的馬拉松長跑中，對我來說沒有「幸運」二字，我抱的只是一位小工匠的態度。

●

《戰國策》的〈齊策〉裡「鄒忌諷齊威王納諫」中談到鄒忌是位美男子，「鄒忌修八尺有餘，而形貌昳麗」，從這寥寥數字就可看出鄒忌身量修長，容顏都麗，所以當他衣冠端整窺鏡自照免不了得意問他的妻妾友人說：「我與城北的徐公誰更美？」他的妻妾友人爲了討好他，就說：「徐公沒有你美。」當鄒忌看到徐公眞面目後，在驚嘆徐公之美外更覺得自己實在遠不如徐公的美，因此就以這個例子諷諫齊威王，希望齊威王不要爲左右朝臣、宮嬪所蒙蔽，要採訥忠諫的言論。齊威王接受了鄒忌的諫言，因此群臣進諫，門庭若市，沒有用兵而國事大展。

齊威王的虛心爲他展開一條大道，在虛心學習中，我的心境也更平和、更寧靜。

●

太史公讀孔子的書慨然嘆道：「高山仰止，景行行止。」太史公嚮往孔子的大道是不容置疑的。

在吳國攻打陳國時，楚國派兵去救陳國，這時孔子正在陳蔡之間，楚國就遣使去禮聘孔子，於是陳蔡兩國心生惶恐，就起兵將孔子圍在城郊，眼看糧食已斷，諸弟子也有了慍怨。

子路問孔子：「難道我們沒行仁義？爲什麼他們不信任我們？難道我們沒有智慧計謀？爲什麼他們要圍困我們？」

孔子回答說：「如果有仁義就能使人相信，就不會有伯夷、叔齊；有智慧計謀就不被圍困，就沒有王子比干。」

子貢知道孔子是行大道的，大道至高無上，不能容納於諸侯之間，他就建議孔子將大道略爲貶低，孔子說：「一位好農夫善於耕耘，未必精於收穫，一位好匠工巧於手藝，卻未必讓人稱心……如果君子不行自己的大道，而求容納於人，志向就不夠遠大……」

讀這段《史記》，我就有諸多感慨，我們所處的社會由於科技的進步、分工的精細，造就了許多實用的人材，在積極的一面看來，社會是進步了，但有許多內在崩潰的聲音，也跟著社會型態的變遷而形成危機，物質取代精神，精神逐漸變成「眞空」，人無遠大的志向、理想，只求安於目前社會的形態，人人講求現實，就變得鑽營於「利」的圈圈之中，於是一些人云亦云偏狹的登龍術，就取代了偉大的眞理與智慧，盛行於現今的社會中。但我深信這樣的社會中仍有不少的君子，生活在這個時代的君子一定比任何時代更蒼涼、更寂寞、更不容於一般的世俗……

對現今社會中的君子，我只有引用敏而好學顏淵的話來向他們致敬：「不容何病？不容然後見君子。」擇善固執，又何必一定要隨流俗浮沈，一些短淺的見解只能盛行於一時，而千秋萬代必然顯出君子的眞性。

●

這個時代很少人提到「節義」兩字，忠臣烈士爲節義而死，將死分成「輕如鴻毛」與「重於泰山」之別，雖然現代人不談節義，但有生必有死，略去節義這一段，死仍然是不可避免的，生老病死是人生的大主題。但古代烈士的死，將死提昇到莊嚴、節烈、可歌可泣的境地。

軹邑深井里人聶政是怎麼死的？田橫是怎麼死的？伍子胥是怎麼死的？死法也許不同，卻都死得重於泰山……田橫本爲齊王，兵敗帶了五百部屬逃到海島上，爲了保留晚節，自己斷頸而死，三位門客因忠心報主，與五百部屬也跟著節烈犧牲了，高祖劉邦爲之黯然淚下，並以帝王之禮厚葬他。

聶政爲了避難而以屠夫爲生，養活母姐，濮陽嚴仲子當時在韓哀侯手下當官，知道聶政是位勇士，就禮厚聶政，要求聶政代爲除去俠累，但聶政因上有老母而加以拒絕。

聶政母親死後，聶政爲報答嚴仲子知遇之恩，慨然爲他效命，功成之後，自刎身死，「自皮面決眼，自屠出腸，暴屍於市。」那是極爲悽慘的死法。聶政的姐姐聶容不顧生命的危險去認屍，伏在屍身上痛哭，大呼蒼天，悒鬱而死。

聶政爲了怕禍及聶容而自毀顏容而死，聶容爲了留下聶政的英名，勇敢去認屍，這都寫出義士烈女的心聲。

伍子胥在父親伍奢與哥哥伍尚被楚平王處死後，就開始了流亡生涯。他逃出楚國投奔宋國太子建，那時宋國有戰亂，他就和太子建一起逃到鄭國，後太子建被鄭定公與子產所殺，伍子胥就繼續他的逃亡……他在逃亡中曾經乞討度日，最後終於來到吳國。

伍子胥一再進諫吳王夫差，沒想到忠言逆耳，吳王聽了太宰嚭的諂言，以「屬鏤」之劍令伍子胥自殺，死前，伍子胥留下遺言，要他的門客在他死後將他的眼球剔出來，掛在東城門上，他預言自己將看到越王勾踐進兵消滅吳國……

伍子胥的忠諫與他的預言都在歷史上一一實現了，那被擱在皮囊中伍子胥的屍體，已將形骸化爲不朽，他活的時候是位諫客，死後卻成了智者。

一九九〇、八、二九《新生報》副刊

賢人政治

在人類歷史上，亞歷山大大帝一直被公認爲偉大的英雄，當人們歌頌這位東征西伐，功業顯赫的英雄，卻忘了人生這座舞臺上的幕後人物，他是導演這齣英雄劇的功臣——亞歷山大的父親，馬其頓的非立浦。

非立浦曾淪爲希臘的人質，使他有機會接受希臘完美的教育，他對雅典的民主政治，對蘇格拉底的哲學觀念都有所涉獵，在他臨終前，就已定下遠征波斯的宏願。馬其頓本只是個小國弱民，沒有城市海港，百姓都從事農耕，是他將這蠻邦小國組織起來，締造軍事上空前的奇蹟，將大部分希臘城邦結合成「聯盟」……他被認爲是世界上最偉大的君王之一。他是亞理斯多德的座上賓，並將這位哲學家延聘爲兒子的老師，所以世界上的君王少有像亞歷山大大帝那樣接受完整與專門的教育。

在《孟子・告子》篇中談到魯國禮聘樂正子來掌理國家大事，公孫丑對樂正子這個人的

「知慮博聞」心存懷疑，孟子則認爲樂正子善於接納各方面的意見，依孟子的看法，好善比知慮博聞更來得重要。

孟子是主張仁愛的，他以「杯水車薪」來諷刺世間的不仁；以一杯水那樣的小仁，必救不了一車燃燒的柴火。

當齊國攻打燕國，齊國獲勝，齊宣王左右爲難，不知是否該佔領燕國？孟子就以一個比喻「簞食壺漿」來解決齊宣王的難題，他以周文王周武王的例子來引申行仁政的重要，今日齊攻燕，燕國的百姓用籃子盛了飯，用壺裝滿了酒來歡迎齊國，就是期望齊國會解決他們的苦難，如果齊國帶來也是苦難，那一國統治對老百姓都是一樣。

與《公羊傳》、《穀梁傳》合稱春秋三傳的《左傳》，記載了西元前七二二年至四五四年間的事，也卽春秋時代二百六十八年間的歷史，反映了當時的政治背景。

在《左傳》裡我們讀到管仲、晏嬰、子產等人物活生生的造型，他們賢明的風範是可以成爲任何一個時代政治人物的借鏡，尤其目前國內雖然經濟發展迅速，但在內政外交上比任何一個時期都更艱難，國際間的風雲際會，政治的險詐與不測，單憑從政的理想必然會跌得鼻青眼腫，柏克（Edmund Burke）的政治思潮經過兩個世紀之後還能引起今人的興趣，他觀察恒遠的政治原則就是「要有一副萬無一失的目光」。

在西元前五四三、五四二年，也卽魯襄公三十一、二年間，史傳中特別談到一位政治家——子產，他剛柔並用，以智慧、以賢才去治理國家，在《左傳》「子產相鄭國」這段史實更走筆刻劃這位典範型的人物。春秋時代是學術上的黃金時代，時局動盪不安，列強爭霸，而鄭國地處黃河流域，只是一個夾在列強當中的小國，也是在內政與外交矛盾狀況下苟且偷生的小國，這時子產當仁不讓出來執政。

子產奠定城市鄉村規章，劃分田地的疆界，挖溝渠，將百姓加以編制組織，獎勵貴族忠心爲國，而要自奉儉樸，打擊驕奢不守法的人……我無意指出外國的月亮比較圓，但久居歐洲，就會忍不住稱讚歐洲是有制度的，歐洲各國都是古老的國家，他們能有今天典章制度是經過長久的努力，也是經長久痛苦經驗中走出來的路，譬如中世紀只有貴族可以打獵，農工階級就不准爲饑餓而行獵，農人辛苦一生不得溫飽，而朱門酒肉臭，奢侈無度……歐洲人走了長遠的路才知道制度，子產在西元前四百年就懂得制度，不能不說他是位賢才。子產所提出的政治主張以現代人眼光看來也有落伍的，譬如他提倡「上下有服」，規定貴族與老百姓穿著有別，就很不智。

身爲一位政治人物，他們的爲人處事也是重要的一節，《左傳》除了闡揚子產的政治立場，更不忘記描述他的處世哲學，他胸懷寬厚，高瞻遠矚，有智慧，有膽識，有才能，譬如他反對大臣豐卷行獵祭祖，豐卷懷怨在心，聚集兵馬對付子產，當時貴族子皮立刻採取行動，將豐卷流放異地。但子產並不計較私怨，還是繼續照顧豐卷，三年期滿，豐卷歸國，子產就將封地、薪俸全數歸還給他。

魯襄公新喪期間，晉平公不見外賓，子產與鄭簡公來到晉國就受到冷落，讓他們住在極簡陋的賓館裡，賓館四周築起高牆，儼然像座囚牢，子產憤怒之下命令部下將賓館高牆拆掉，晉國大夫士文伯來問罪，子產就以晉文公當諸侯盟主時，自己住在簡陋小屋中，而熱情招待各國賓客爲例責斥晉國，終於感動晉國而讓各國國賓受到「禮遇」的招待。

鄭國人在村里學校評論政治，有人建議把學校關閉，子產的看法就不一樣，他認爲讓鄭國人遊學村里評論政治的好壞，有益的，政府就做下去，百姓所厭恨的就要改進，這就像防洪一般，留個小缺口讓水緩緩流出，不要讓決口破裂，無法補救……孔子聽了這番話深受感動，說：「雖然有人批評子產不仁，我是不相信的。」

《左傳》一開始就談到鄭國大夫子皮將政權交給子產，比喻自己是猛虎帶頭服從子產，他敬重子產，而且厚待子產。當子皮推薦尹何爲首長，子皮喜愛尹何，希望子產讓沒有經驗的尹何學習從政，子產就斷然拒絕，子產說：「你不能因爲喜愛一個人就讓他去執政，而且讓一個不懂操刀的人去切割東西，最後只有傷了自己……何況國家首長，老百姓的生命是仗著他來庇護，你讓一個沒有經驗的人去學習從政是不妥的……」一席話說得子皮自愧是鼠目寸光，同時也說明了子產的無私。

子產執政一年，民間流傳一首歌謠：

沒收我衣冠，
將我田地歸化編制，
誰要去殺子產，
我一定參加。

子產執政三年，民間又流傳另一首歌：

我家子弟，
子產敎導他們，
我家田地，
子產使它豐收，

一旦子產死了，

誰能繼承他的遺志？

子產執政二十年，對鄭國內政外交有諸多貢獻，是位了不起的政治家。

一九九三、三、八《臺灣日報》副刊

懷鄉的薊花

年，臘月，臘八粥……常觸動異鄉遊子的心弦，又該是爆竹一聲除舊歲，糕甜粥嫩催年事的時辰了。

中國人一向重視過農曆年，灑掃門閭掛鍾馗，釘桃符，貼春聯……在歲盡之日除舊夜，迎祈新歲的來臨。

宋朝吳自牧的《夢粱錄》談到除夕夜的消夜果子盒，其中所謂的十般糖、澄沙團、韻果、蜜菱果、棗兒糕、小蚫螺酥……單是聽到這類稀奇古怪的名稱就叫人嘴饞，何況在冬季大寒的時令，又讓人生起綿邈的詩意。風雅人士在臘月歲寒，在瑞雪紛飛時節，騎驢出遊，欣賞瓊林瑤花，吟詠詩句，以臘月雪煎茶……

而異鄉遊子就如安徒生童話裡所寫那株離鄉背井的薊花，它老是懷念蘇格蘭這片鄉土，它相信自己是遠從蘇格蘭來的，因爲它的祖先就被繪在蘇格蘭國旗上。

懷鄉的薊花數盡了異鄉的花朝月夕，對「年」的情更濃。

那年，母親來巴黎凡爾賽與我們共度春節，一向只做幾道菜，一家人共同吃一頓年夜飯就算過年，因爲母親遠道而來，就想中規中矩過一個屬於中國人的年。有母親在，我只能當二廚，母親出身書香世家，對吃的品味高，她不但呵手拈筆，吹雪吟香寫得一手好詩詞，也做得一手好菜，她做的冰糖年糕，就如她寫的〈踏雪〉詩句：掬粉柔可搓。

根據我們家鄉風俗，年夜飯一定少不了魚（象徵年年有餘）與十錦素菜（長命菜），這兩道菜都是母親的拿手好菜。魚雖是自巴黎中國城市場買回的冷凍紅魚，在經過白酒、糖與醬油醃泡，與母親烹調手藝，端上餐桌，色香味俱全。

十錦素菜做法簡單，卻將中國人烹飪的刀法，細緻、精巧全表現出來。中國道家講「隱」的涵養，像離朱一樣目光明澈，師曠那樣通曉五音，曾參、史魚的通達仁義，莊周仍覺得違反本性，而青黃相錯的綵綉，金石絲竹黃鐘大呂，莊周依然認爲有失樸素，「道」是寬廣無比的，只有涵養愈高的人愈懂得虛心，看母親細心做這道十錦素菜，就會聯翩浮想到道家的哲學。

過年前，我們已買回一束中國臘梅，「插了梅花好過年」兒時就常聽母親這樣說，這束臘梅是自關山萬里之外，飄洋過海空運來巴黎的，也是一束離鄉背井的「薊花」……

臘梅散發著滿室清芬，我們與母親共度了一個溫馨而豐富的年節。

窗外雪花飄搖，母親寫下〈欲雪〉、〈飄雪〉、〈夜雪〉、〈對雪〉、〈賞雪〉、〈踏雪〉、〈掃雪〉、〈雪晴〉、〈雪峰遠眺〉等九首詩，將記憶中的雪景與眼前的雪景都吟成絕美詩章。自五言絕句到七言詩，自「墮簷冰裂聲」到「熠熠銀燈照四環」，自「捲毛隨風起」到「萬籟岑寂逍遙去」，寫盡冰雪世界的奇觀，我暗下覺得母親也是位「詠絮」才女。

夜深了，中國人有守歲的禮俗，兒女爲雙親守歲，祝福他們享盡松鶴之年，我也爲父母守歲，遲遲沒去就寢。

我望向窗外，鄰家的屋頂已皚皚蓋滿了白雪。

一九九三、一、二三《中央日報》副刊

讀書、看街景及其他

少女時代朋友們總是半揶揄、半讚美地說：「妳是溫室裡的花朵。」在成長中倍受父母師長的鍾愛，看來有些嬌生慣養，一踏出校門就有份好的職業：光啓社編審，又與臺視簽上基本編劇合同，劇本一再被搬上螢光幕：《孔雀東南飛》、《梅莊舊事》、《雲深不知處》、《蘭婷》……這些在臺視演出的劇本都是我二十五歲以前的作品。

但我一直不是朋友所認爲那樣的角色，我凡事過分認眞，無法帶著幾分玩票性質去面對人生，所以縱然我生長在溫室中，也經常見到溫室外愁雲慘霧的天空，何況那樣無憂無愁的少女時代很快就結束了，我飄洋過海，羈旅異鄉，凡事要學得堅強、獨立，要學著忍住眼淚去面對生活，而生活本身就是一種磨練，我無怨無尤接受這份磨練。

我也有心靈鬱悶沈重的時刻，這時我就去尋找我的避風港：讀書、寫作、回憶、欣賞大自然、看街景、與溫馨的鄰人聊聊天……看來一點也不特別，可是效果格外圓滿。

在憂鬱悲傷的時刻，思維特別細緻，我就試著提起筆來，以較深入的筆調，去網住剎那間的理念，我的〈晚餐桌上的智慧之聚〉一文就是在這種心境下完成的，文章寫完，就不再憂鬱悲傷，完成一篇作品也療治了心靈上的創痕。

當外在的人或事造成我心理的壓力，我就躲入另一個世界：莎士比亞的世界、波普的世界、愛彌麗·狄金蓀的世界……甚至更早，譬如荷馬史詩，〈伊里亞德〉與〈奧德賽〉中，荷馬這位盲詩人似乎就化身〈奧德賽〉中盲歌手德謨杜克斯，在深宮裡彈起他的七弦琴，以令人熱淚泫然的歌聲唱出英雄在海外飄流的故事……

我讀書讀得意興遄飛，早就忘了令我煩憂的人或事……

我也走入林園，欣賞高聳的、華茂的，寫著先知智慧的樹，還有如錦雪般堆琢的繁花，那繁花是時光與雅典女神的翩翩旋舞……或者先去看海，住英國伯肯赫德時，海就近在咫尺，我經常在高高的防波堤上俯瞰海景，蔚藍的天空與大海永遠寫著鼓舞人的希望，在水波交融、水霧朦朧的黃昏，地平線消失了，我也跟著捲進那一場迷迷濛濛，不停醞釀著實的波濤中……大自然的美可以療治精神的創痛，但千萬別趕熱鬧似，去一個人擠人，到處堆著人留下垃圾的觀光遊覽區，那絕對不是心靈的避風港。

我也去看街景，我住的凡爾賽是座優美典雅的古城，每次我去凡爾賽宮散步，就故意不搭車，一路欣賞這座小城的街道……走著走著，似乎也是走在英國康瓦爾郡的水鄉小道上，那兒的街道可以聽到水的清音……走累了，到附近咖啡館喝茶，看看街景，看看行色匆匆的路人……這些單純的事物常常帶來一些小小的喜悅，我不敢奢望太豐厚的人生，但這些小小的快樂，是每個人有權利追求的。

回憶是清濾的過程，將人生的片段都用篩子篩過了，留在記憶的特別美好，回憶知己特別耐人尋味的話，一個溫暖的眼神、鼓勵與祝福……那些令我尊敬的友人，我總在記憶中留下空間給他們，那也是鼓舞我生之勇氣的一種力量。在北威爾斯旅次中母親與我們共用午餐，那時正值秋末初冬，天氣寒冷，那家餐館佈置在一座長廊的暖花室內，奇花異木，溫暖如春，母親的個性溫婉平和，她總是以欣賞的態度去品味人生，她讚美午餐，讚美餐館的情調氣氛，在祈禱中獻上感謝……母親那種品味人生的哲學也是來自修養，母親的愛心也是我心靈的避風港。

在心頭沈重的時刻，我也愛與鄰人聊聊天，聽鄰人訴說他們的遭遇，分擔分享他們的悲喜歡憂，心境自然就開朗了。

一九九三、六、二《中央日報》副刊

女人二三事

一、修容

在明朝萬曆崇禎年間有位小才女葉瓊章，她容貌淑麗，十四歲時，她舅舅就贈她一首詩，讚美她的「絕色」，將她形容爲北方佳麗，像劉備甘夫人一樣玉質、柔膚，容顏媚麗……

這位被形容爲「飛去廣寒身是許，比來玉帳貌如甘。」的小才女平生最恨別人讚美她的容貌。她生性儉樸，粗衣素服，依然不能掩飾她美麗的姿容，可惜這樣才貌雙全的小女子則是「折玉碎珠何太早」，十七歲就香消玉殞了。

「荆釵布裙」那種古代清寒人家的美德，可說已不時興在這個時代。就是古代像葉瓊章那樣不講究「修容」的也是少有的；唐代薛濤也是位才女，她就喜愛裝扮自己，衣著也十分考究。她更自製詩箋，時人稱爲「薛濤箋」，與她晚年寓居取水的井「薛濤井」同樣聞名。

現代婦女也不個個都像薛濤喜豔抹，善裝扮，但卻講究「修容」，尤其走出家庭的婦女日漸增多，朝九晚五與上司同事相處的時間很長，「修容」無形中就變成一種禮儀。我一向不喜用脂粉，但仍然覺得淺妝淡抹能使東方人的膚色看來較亮麗。不過，女人的膚色單靠抹粉並非上策，少許的陽光、空氣、清水，內臟的健康，心情的明朗才是容光煥發的祕訣。第一次在英國利物浦見到黛安娜太子妃，就覺得她比照片更美；照片無法將一個人的膚色反映出來。黛安娜正當華年，健康而紅潤的膚色，使她看起來更動人。

十幾年前在國內，我總覺得年輕女孩或少婦特別注重裝扮，上了年紀的婦人，玄衣素服就不喜愛修飾。到了歐洲，情況剛好相反，年長的婦女特別講究穿著，年輕女孩子布鞋、牛仔褲、運動衫。一些比較「帥」的女孩子乾脆穿起很男性化的套頭毛衣和寬鬆的夾克；去年巴黎更流行一種復古而近於男性化的皮鞋，也是年輕女孩喜愛的樣式。

在歐洲，如果形容上了年紀的婦人「醜」，就犯了很大的錯誤，就如捷克斯拉夫作家卡・喬・貝克形容英國老婦人：「年老的女人，手裡不停地編織著什麼，紅潤的臉，美麗、慈祥，喝著熱茶水，絕不向你抱怨他們的病痛。」當你在巴黎看到年長的婦人，穿著柔軟的褶裙，鑲著花邊的襯衫，頭髮梳理得一絲不亂，手上戴著空花手套，安靜而優雅地坐在大樹下的長條大木櫈上看書，就會覺得那也是一幅美的畫面。

荆釵布裙不能不說是節儉的美德，但適度的修容，不但使別人留下好印象，也讓自己心境上更舒坦。

二、美德

古代深宮長苑，雖說是攀登侯門的路途，其實是另一座生命的「塚」，寫盡了人世的不幸與悲慘。

很有文學天才的侯夫人寫的：「家豈無骨肉，偏親老北堂，此身無羽翼，何許出高牆。」就是深宮的憾事，也是多少宮女的自傷；她後來自縊而死。

不僅是侯門深似海，明朝江都馮小青深受《牡丹亭》杜麗娘與柳夢梅一段情所感動，而寫下：

冷雨幽窗不可聽，
挑燈閒讀《牡丹亭》。
人間亦有癡於我，

豈獨傷心是小青。

馮小青命運也很悲慘，她也是古代封閉思想，沒有自由的環境下，成千上萬這類女性的一個例子。但生活在現代的女性同胞地位早已提高，各行各業就有「女強人」這類稱呼。在自由而開放的社會，女性早已覺醒，侯夫人與馮小青那類的悲劇人物，已不存在於這個自由開放的時代。

現代的社會也許「怨女」不多，但可能出現「怨男」的現象。以前的婚姻關係是女人要求保護，男人要求溫暖。這種保守型態的婚姻關係雖不能說盡善盡美，也長久地維持下來。由於社會型態的改變，女人都走出廚房，男人回到家裡殘杯冷灶，沒有溫柔笑語與家的溫暖，對婚姻必然視爲畏途。但如果夫妻互相體諒，丈夫想到妻子爲家中經濟，也工作了一整天，要擺出笑臉相迎，或拖著疲累的身子走進廚房做羹湯也是件苦事，夫妻彼此分擔憂勞，就不會有婚姻如攻城，城外的人想攻進去，城裡的人想攻出來的現象。

婚姻其實也是種藝術，如果婚姻只講求實利，缺少藝術，這類婚姻就如商品，再怎麼套上「婦德」的鐐銬，也無法挽救婚姻的危機。

「寬懷」就是美德，不爲一己之私，互相爲彼此的處境設想，容於情、合於理，就能充分發揮婚姻藝術的功能。我說「美德」而不說「婦德」，因婦德只存在男人爲主的社會，專橫的人就以它爲約束女子的枷鎖，緊緊扣住女人一生的幸福。而美德不分男女、不腐朽，充分發揚人類愛、寬厚、溫淑、優美的情操。

三、涵養

趙孟頫精通書法、繪畫，他的妻子管瑤姬更是能詩能畫的才女型人物，她被封魏國夫人，後人就稱爲「管夫人」，她擅長畫梅、蘭、竹，尤其以在後院種植了許多修竹，日日畫竹而聞名於時。

古代的才慧淑女，以精通詩詞歌賦、琴棋書畫爲內在的涵養。每回看到古書上的仕女圖，並不覺得畫中人有特殊豔麗的容顏，而是一種清韻透過畫幅，那種清韻所以感人，就是由於仕女內在的涵養，而顯現出來的清新秀逸。

在這個時代、這種生活背景之下，來談涵養，也許會讓人懷疑哪來的復古風尚？其實，涵養隨著時代潮流的轉變已有了不同的內容，譬如古人談琴棋書畫，現代人依著自己的興趣、智能的趨向，而選擇更廣泛的知識領域，宇宙間眞理的追求，文學、藝術、音樂、繪畫、園藝……都能陶冶人的性情，「求知」也是培養內在涵養的功夫。

涵養並非食古不化，有了內在涵養的功夫，才能在這清濁不分的時代潮流中穩住自己的腳步，能隱於市的人才是大隱，不管市聲是如何吵雜，潮流是多麼汙濁，而清益自清，我心不亂，就是仰賴內在的涵養。

涵養也是一種知足、一種厚道：譬如讀周桓王與鄭國的「繻葛之戰」這段歷史，我不能不佩服鄭國佈陣的智慧，大夫子元取勝王師的兵法，鄭國軍隊在戰場上的英勇，為保社稷奮戰王師的精神……但最令我心服是鄭莊公在勝利後收兵引退的涵養。

在鄭國打敗了周桓王親自統領的大軍之後，那時桓王中箭敗退，鄭國將領祝聃求功心切，就要率領軍車人馬追擊王師，鄭莊公凜然阻止，他說：「君子一向懂得知足，我們和王師作戰，是為了自救，現在桓王已敗退，我們怎能再過分相逼，只要保全社稷，也就夠了。」他就下令鄭軍收兵。

鄭莊公這種敦厚知足的態度，是比戰術更大的智慧。

一位時代的女性，有內在的涵養，懂得知足，懷著敦厚的胸懷，也就更為完美了。

四、幽默感

幽默的君子，談吐中附帶風雅，讓人如沐春風。

幽默的淑女，讓人不會如面對一張冰霜厚殼的臉，在粲然一笑中，感受到一個更溫馨的世界。

英國的紳士淑女天生懂得幽默，法國喜劇是世界一流的，引用戲劇的諷世、幽默而達到改造社會、潛移風氣的目的，喜劇的功用並不遜於悲劇的醒世、警世。

海涅在散文〈沙龍〉裡，首先談到希臘神話的「神」與基督教義的衝突，他是第一位提出這個理論，後來許多作家也紛紛談到這個問題。海涅很謙虛地談到是他的靈感啓發這些作家，但這些作家不乏談得比他更詳細、更精博，不過海涅並不忘了幽默一句，「但他們都不提這位帶頭作家的名字……」

這位帶頭作家當然是指海涅自己。

法國戲劇家克畢庸，他愛躺在倉棚內與心愛的動物在一塊，一邊吞雲吐霧，一邊構思他的戲劇；他幽默地說：「大地是屬於高乃依，天堂是屬於拉辛，在戲劇的領域中，我是屬於地獄……」

《紅樓夢》中「大觀園」的姐妹，包括那唯一的一位男士——賈寶玉都是文學天才。

「大觀園」姐妹結海棠社，吟海棠詩，史湘雲沒能參加，當她老遠趕來，一口氣就吟出四首海棠詩，自「神仙昨日降都門，種得藍田玉一盆。」就顯出驚人的文才。

但吟海棠詩是數寶釵的含蘊渾厚居於首位，而比起林黛玉的才思敏銳、毫端蘊秀又差了那麼一點了。這位孤標傲世的才女是多愁善感的，她在吟菊花詩時以〈咏菊〉、〈問菊〉分列第一、第二，才華高曠獨奪詩魁；她筆下的風格是一種千古的高風，她臨窗、對月寫出心中的素怨，寫出一紙「秋心」，而雁斷蛩鳴、衰草寒煙在她筆下也都有著無限的深情……所以人一提林黛玉就變成一種臨風灑淚、對月長愁的「典型」了。

其實，林黛玉並非儘是多愁多病的，她也有健康幽默的一面。《紅樓夢》刻劃人物是很成功的，像鳳姐兒不但長袖善舞，而又生得一張玲瓏的嘴；賈母對薛姨媽提起她小時候在秋霞閣的一段舊事，她落水頭上碰破了一塊窩兒，差點沒被淹死……鳳姐兒就笑說道：「那時要活不得，如今這大福可叫誰享呢！可知老祖宗從小兒的福壽就不小，神差鬼使碰出那窩兒來，好盛福壽的，壽星老兒頭上原是一個窩兒，因爲萬福萬壽盛滿了，所以倒凸高出些來了。」說得眾人大笑，而賈母對她更是又愛又憐。

劉姥姥雖是村婦的典型，曹雪芹寫這人物處處令人捧腹，譬如她遊大觀園，看到八哥，她誤認爲烏鴉，但看了又多一個鳳冠，就胡亂地說：「那廊下金架子上站的綠毛紅嘴是鸚歌兒，我是認得的，那籠子裡黑老鴰子怎麼長出鳳頭來，也會說話呢？」黑老鴰子是烏鴉，其實是八哥，頭上多了一撮鳳毛。如果劉姥姥只是一位樸實的村婦，也就不足引人發笑，但這位村婦進了大觀園，看見沒見過的事物，她就要以自己很有限的知識去加以解釋，而形成錯誤百出的題跋，也就趣語橫生了。

林黛玉的幽默不同於鳳姐兒，更不同於劉姥姥，且引寶釵的話說：「世上的話到了鳳丫頭嘴裡也就盡了。幸而鳳丫頭不認得字，不大通，不過是一概市俗取笑，更有顰兒（黛玉）這促狹嘴，她用春秋的法子，將市俗粗話，撮其重，刪其繁，再加潤色，比方出來，一句是一句。」

惜春計畫畫大觀園，本只想畫園子，後來覺得太單調就想也畫人物，黛玉馬上說：「畫人物容易，就是草蟲上惜春恐怕畫不好……」李紈認爲不必畫草蟲，只要翎毛點綴一兩樣就行了，黛玉說：「別的草蟲不畫罷了，昨兒的母蝗蟲（戲指劉姥姥）不畫上，豈不缺了典？」接著又對惜春說：「你快畫罷，我連題跋都有了，起個名字，就叫攜蝗大嚼圖……」雖然這樣的幽默正如寶釵所說的「促狹嘴」，但也能看出黛玉活潑健康的一面。

黛玉這樣一位人物，到了後來焚稿斷癡情，令人悲、令人嘆，所以作者以佛學的深奧來解釋人間悲歡離合的無奈，將黛玉比喻爲一株絳珠仙草，與青埂峰下的頑石（寶玉）在人世間留下這段塵緣宿怨。

趙孟頫與管夫人本是伉儷情深的，但過了中年之後，趙孟頫就寫了一首詞，半開玩笑表明自己有納妾的意願說：「豈不聞陶學士有桃葉桃根，蘇學士有朝雲暮雲，我便多娶幾個吳姬越女也無過分……」管夫人一點也不動怒，也回了一首詞，其中有「我與你生同一個衾，死同一個槨。」之句。

管夫人除了對趙孟頫一往情深，也有容納他寫遊戲文章的雅量，因此更深深感動趙孟頫，使他感到慚愧，更斷了納妾的念頭。

眉黛深斂、命薄如花的女子，在這個時代已經不存在了，現代的女性如能擁有幾分幽默感，必能化解生命的嚴冬為陽春。

五、駐顏術

法國十六世紀一位絕代佳人黛安娜直到六十六歲逝世，她的容顏沒有衰老，她的駐顏術是一個「謎」，也許到今天沒有人解開這段青春之謎。但她麗質天生，肌膚如雪，一生不用脂粉，喜愛冷水浴，喜愛林園之趣，喜愛清晨馳馬林中……這是不是她的「駐顏術」？

法國十七世紀女作家西維奈夫人，不知是否也懂得一種駐顏術？她一生不受命運多蹇的影響，保持一顆稚子一般快樂的心性。她自幼受到良好的教育，懂拉丁文、西班牙文、意大利文；她將她的知識溶入那些為愛女所寫的書信中，書中不乏歷史的價值，又充滿了做母親的深情，與對美、對藝術、對文學的觀感……這就是名垂後代的《書信選》。

西維奈夫人的《書信選》，就是另一種「青春」，她愛好大自然的天性，宗教信仰，與對人世慈悲為懷的態度、母愛、生的勇氣、快樂也應該是另一種駐顏術。

如果我說世界上仍有一種駐顏術可以留住青春，親愛的讀友也許會怪我故作驚人之語；其實，這種駐顏術人人可以效法，試想：一位獻身科學、醫學、文史、哲學的人，或只是一位默默服務社會的小人物，都有一種為理想獻身的熱誠，年歲對這些人來說反而是經歷與光輝，而不是凋零。

遺忘與讀書也是另一種駐顏術，像陶淵明賦〈歸去來辭〉，過著耕讀的生活，忘懷人世的得失，酌春酒，採擷園中的菜蔬，與微雨好風相伴，讀〈周王傳〉、〈山海圖〉，內心充滿了知足與喜悅，又怎麼會恐懼老之將至。

歸向田園，過著無車馬喧的生活也只是現代人的一個夢，生為現代人，就要有內心的定力與修養，雖然結廬在人境，卻仍然心境曠遠，讓一本本好書陪伴我度過一個個有限的日子，讓「老去」也變成另一種優雅。

一九九一、七、十五／十六《世界日報》副刊

「湘」的臆想

一、吹參差兮誰思？

她住鹿港，

他住基隆。

大一時她依舊是清湯掛麵似的髮型，一雙黑亮的眼睛如暗潮上一雙剪水乳燕。青春是一種美，透露出華年的色澤、華年的姿容。

嶙嶙磊石，潮汐拍打著海岸，撲面吹來潮濕、暖暖的海風……他們常搭火車去看海，爲的是風平浪靜時，可以聽到彼此心中的一曲洞簫……

吹參差兮誰思？

於是一種嬋媛之情就在別後化成千絲百結的意與闌珊；淺淺石灘，翩翩飛鳥。

白芷遍生於沅水，

澧水岸邊生長著芳香的蘭草……

他們似乎有意將古典文學裡的感情，搬到一個極現代化的舞臺上演出。兩人一樣的裝束，穿著牛仔褲、襯衫，背著亞麻編成的嬉皮袋，爲的是在華年老去的時候好自嘲似地說：

余幼好此奇服兮，

年既老而不衰；

可是內心卻有更多華貴的古典，換成另一套裝束，走在另一個時代，一個是娥眉淡描，披著孔雀的羽衣……一個是崔嵬切雲，駕著青虬而來……

一杯香片是木蘭的墜露，是秋菊的落英，是北斗星前的桂漿……

愛情的故事開始都是一樣，結束則那麼不同，她孤獨地走向海邊，海邊依舊是嶙嶙磊石，潮汐依舊拍打著海岸，依舊是撲面潮汐暖暖的海風……但在風平浪靜的時候，再也聽不到彼此心中的一曲洞簫……

吹參差兮誰思？

她逐漸自傷痛與情感的烙印中燃起生的意志，也逐漸體會情到深處無怨尤，雖沒有地久天長，畢竟有過青青籐蘿、綠葉紫花的季節。

二、指西海以為期

自一株盛開的木槿花後面，她粲然一笑，於是她的笑與滿樹的彩雲渲染成另一種古典，化成薜荔與菟絲花，石蘭與杜若，化成錦雲繽紛……

生活是很平凡，

愛情並不平凡。

清早她淡裝素描，穿著上班族婦女的衣裙，到銀行簽到，她一手操縱電腦，腦中熟稔每一排數字，打字機也在她耳旁響個不停……中午她進速食店，吃可樂漢堡，生活刻板像塊石磨，軋軋地彈出同樣沒有變化的舊調。

「妳的笑撫平我生命的坎坷，

妳的笑美得如一朵山花……」

短短幾句讚美的話伴著他溫暖的情意，生活四壁就不再單調、不再岑寂，彷彿一種流麗委婉的風格，塡滿了生命的畫幅。

「情事」並不如一般現代小說中所描寫的那樣濃豔，一聲讚美，一絲關懷的眼神，知己般的傾訴，淡如君子之交的情誼，也是另一種程度的深情。她是位中規中矩的女孩子，她相信那種古老的愛情。

有一天，他們一起去爬一座山，那座不知名的山，她名之爲「不周」，就如屈原〈離騷〉裡那座傳說中的仙山，就如《山海經》裡所說：西北有不周風，從不周山出來……共同去爬一座山竟是這段情事的結局，他依舊走向坎坷，她依舊過她刻板的生活，她有意讓這段情事的結局顯得不那麼絕望，不是「明燈照空局」的場面，而是「路不周以左轉兮，指西海以爲期。」

他們共同去爬一座地圖上找不到的山，他們還會共同去到西方遼遠的大沙漠，就如《博物誌》說：張騫渡西海到大秦，西海之濱有小崑崙，高萬仞方八百里……也許不是今生，也許是來生，他們要去到那兒相會，所以這段情事是沒有終局的。

三、天問

她與他都是中文系的學生。

她與他都愛上《莊子》，卻常爲《莊子》爭得面紅耳赤，譬如《莊子・天地》篇寫黃帝遊於赤水之北，登上崑崙山向南望，回去的時候失落了「大道」，就叫「智慧」、叫「眼睛」、叫「言辯」去找，都沒找到，最後叫「無心」去找，才算找回大道，黃帝恍然大悟……

「爲什麼一定是無心？爲什麼不是智慧、不是眼睛、不是言辯？」他直言無諱。

「莊子的哲學就是樸素二字。」她也理直氣壯。

緊接著就是這場爭論的開端，公婆相爭，各有理說，爭論時是兩方緊鑼密鼓，氣焰高張，結束時則殊途同歸，多了一份欽佩對方的情感。這場莊子的爭論也是這樣結束，最後兩人全都同意莊子的學說是一種玄機，是藏金於山，藏珠於淵。

芸芸衆生，聚散離合，原是一段充滿喜感的愛情，到了必要分手仍然是依依不捨，大學四年建立的感情，隨著驪歌，隨著他留美，隨著異鄉另一位朝夕共處異性的出現而宣告結束……

猶記得那許諾，那情長？

爲什麼一定是無心？爲什麼不是智慧、眼睛、言辯？

百鳥怎麼會聚集在浮萍上？漁網又爲什麼掛在樹上？

浮萍花開九瓣，神麻花開何處？

爲什麼海誓山盟的感情也去得無影無踪？……

「在湘水之上原有一段不了的情緣，也許我們前生是一對湘水的神仙……」

她這麼想……

一九九〇、六、二十《自立晚報》副刊

悲劇情緒

夢境的破滅

人到了三十五歲，年輕時的氣焰逐漸平息了，也逐漸進入中年心境；知道世間有許多無可奈何的事，知道一連串的歡笑後面也隱藏著依稀的珠淚，知道聚與散的無常……

我們都在很年輕的時候讀《紅樓夢》，我們也曾為它悲喜歡憂，但《紅樓夢》實在是一部中年人的書，每一場歡聚，每一個熱鬧的場面，都是悲劇的伏筆。它打破了中國多少年來小說戲劇大團圓的迷夢，給我們文壇留下一齣正統的悲劇。

湯顯祖在西元一五九八年完成他的《牡丹亭》戲曲，在當時《牡丹亭》轟動了文壇，也成為膾炙人口的民間戲劇。《牡丹亭》雖沒能避開當時小說戲劇的俗套——大團圓，但如果仔細去讀《牡丹亭》這部戲曲，它的思想與結構都是屬於悲劇的，它之所以有一個大團圓的結局，完全是為了順應當時的潮流。

《牡丹亭》裡的杜麗娘是位典型的悲劇人物，她嚮往的世界終究是一個夢；像「這般花花草草由人戀，生生死死隨人願，便酸酸楚楚無人怨……」這種自由自在、可憎可愛、可生可死、沒有怨尤的世界是不存在的。杜麗娘由驚夢、尋夢，到寫眞、鬧殤……就是她所追求夢境的破滅。

在人生這方面，我們也終究會這麼想：

夢短夢長俱是夢，

年來年去是何年！

那又是何等一種悲劇情緒！

街頭歌手與貨郎旦

遊客初到巴黎，一定會驚奇這個藝術之都為什麼有那麼多落拓的街頭歌手！他們彈彈唱唱，等著路過的行人給他們幾個法郎。每當看到街頭歌手，聽他們唱起歌兒，我就會聯想到元人雜劇《貨郎旦》裡的張三姑：

搖幾下柔浪浪蛇皮鼓兒，
唱幾句韻悠悠信口腔兒。

張三姑搖著蛇皮鼓兒，唱著信口腔兒，開場時可也是氣魄非凡，眞有點像希臘悲劇與莎翁名劇的開場；卻聽她的開場白，那是：

烈火西燒魏帝時，
周郎戰鬥苦相持。
交兵不用揮長劍，
一掃英雄百萬師。

她以諸葛亮長江舉火，燒得曹軍片甲不留的歷史背景當成開場白，可也眞是驚心動魄！

每逢外出，女兒總要在她小口袋中裝幾個法郎，問她有什麼用處，她總會神祕地朝我一笑。當她走到街頭歌手面前，自小口袋裡掏出她的法郎，輕輕地丟進他們的軟帽中，換來一聲「謝謝」，女兒的唇邊也漾起花樣的微笑。

半世蹉跎

在《東籬樂府》散曲中，馬致遠敍述了自己生平事蹟；他年輕時也曾醉心於功業，那是「昔馳鐵騎輕燕趙」，那是「寫詩曾獻上龍樓」的時代。

經過二十年飄泊的生涯，他對人事閱歷漸多，也參破了人世的榮辱，就步入梨花樹底三杯酒，楊柳陰中一片席，晚節園林趣的「馬東籬」了，這時候他自謂已是半世蹉跎了。

馬致遠的「半世蹉跎」寫盡了文人的悲涼，其實像他那樣偉大的戲劇家，被列爲「關、馬、鄭、白」元代四大戲曲家之一，尙且自喻半世蹉跎，實在是一種感嘆！也是一種謙虛！

馬致遠的半世蹉跎對我來說是一句警語，每日面對夕陽的餘光逐漸地消逝，夜晚又悄悄來臨，內心就很惶恐。一天又過去了！我多麼希望一整天的時間完全屬於我，而我所擁有的時間永遠是剩餘的，我就揀拾這一寸一毫的「剩餘」去追求自己所嚮往的「精神世界」。所以我對「半世蹉跎」特別敏感，也特別警惕。

當有那麼一天，我活得夠長的時候，也夠資格來說半世蹉跎，但願那也只是一種謙虛、一種感嘆，爲了這樣，我更要不斷努力。

家國情懷

因讀《東籬樂府》的散曲，我又重溫一次馬致遠《漢宮秋》雜劇，這本雜劇我曾寫過長達萬餘字的論評在《中央》副刊上發表，所以劇中每一折、每一賓白與曲，我都曾一讀再讀。

當年馬致遠寫這《漢宮秋》雜劇，所感受是民族國家的沈沈哀痛，他追懷歷代的英雄烈士，如伊尹扶湯、武王伐紂，如傳說中曾在九里山前擺下六十四卦陣，爲漢家奪得天下的韓信……

「愛國」是一種多麼高貴的情感。

「愛國」也是一種節烈的行爲。

離鄉背井，在異國異鄉漫漫的歲月，所感受的常是一份冷透心坎的寂寞，如果還有一點溫暖的感覺，那是因爲我還有一個「國」，而不是黃種的猶太人。在洋人面前我能敘述自己國家的風土人情，我能帶著幾分自豪說起那兒的安定與繁榮，我能驕傲地表示我還有一個隨時可以歸去的大家庭。

一九八九、二、二七《中華日報》副刊

「謎」與「祕」

每一個季節似乎都與我訂下生死盟約，當它走時，我也常癡心地想，它歸向何處？是在大氣間飛翔？是回到地母的宮殿？在駕起流星似的光羽，突然在一刹那間殞落了？或是化成三月花雨繽紛似的「美」？

當每一個季節接近尾聲，我靜靜地聽著那來自玄古的樂聲——地母包容的心聲，我不曾逸與湍飛，反而如雁陣驚寒，突然會有種莫名的離傷，就如失去一份極珍貴的感情，那類刻苦銘心的傷痛。

「每一時刻都消逝在淵淵不息的時光之中，時光是永不留駐，死是生的產婆……長夏走了，把時光留給隆冬，因此生不久留，安眠在暮暗中，剩下只有殘餘的磷火……」屈原寫〈天問〉，對開天闢地遠古的傳說，對古人觀察天象所謂的「天極」，《列子》寓言的「八柱」等都有存疑。而布朗爵士（Sir Thomas Browne）娓娓道來，以他的〈鏝葬〉去詮釋生命的無常，也對宇宙間的事物，提出一連串的存疑。

建造金字塔的人默默無聞，已湮滅在時光潮流中……

赫羅斯屈拉斯特燒去戴安娜女神廟而名揚後世，誰又記得造廟的人？

時光跨過了安德里安坐騎的墓石，卻對他本人毫不留情。

那該在青史留名卻未留名，時光的史册記載的事件也有偏差……

「罎」與「甕」都不是永恒的，我走過巴斯城、史特拉福鎮、牛津、劍橋、華茲華斯的故鄉溫德彌小城……教堂墓園並列著一塊冰冷的墓石，墓石上精磨細琢的名字，畢竟經不起時光的蠶食與腐蝕，都已模糊不清了，就墓石本身也摧殘在時光裡，駁落、斷裂……世界上最古老的家族也許還不如一株神木那樣久遠，難怪布朗爵士要望「罎」與嘆了！

埃及人修建氣魄宏偉、莊嚴的金字塔來埋葬帝王，試圖逆時光之旅，將永恒收藏在這座巨型的墓塔中。現存劍橋埃及王拉美西斯三世石棺上的塑像，他手執白晝之神與復活之神的王笏，但不論人們怎麼去塑造尊貴的形象，有形，就有物化，物化是外形與現象的變化，人類秉承形體而生，必然有形骸消殆的一天。

埃及人尊崇他們的帝王阿克那頓，在馬斯佩羅所著《古埃及新論》中極有趣的談到，阿克那頓與僧侶諸神辯論，但阿克那頓不是神，他的父親是亞彌羅菲斯三世，母親則是敍利亞的美女，歷經三千三百年，人們在柏林博物館觀賞阿克那頓的浮雕，看到的不過是古埃及法老雕像那種溫文爾雅傳統的美，其他都已拋扔在光陰汩汩巨流中。

《莊子．齊物》篇談到人籟、地籟、天籟，當風吹過大地，世間的大小竅孔都會發出風鳴，有浪花沖激的聲音，有弓箭離絃的聲音，有怒叱、吶號、歡笑與哀泣……當風靜止時，所有的竅孔都寂然無聲了，人以簫管吹出人籟，地以竅孔發出地籟，而天籟只可意會不可言喻。在無限大宇宙與有限的生命中，誰又是其中的主宰？掌握了生命的謎題、玄祕的智慧？

史賓諾沙，這位被愛因斯坦推崇的哲學家，一度為逃避政治暗殺，住在阿姆斯特丹，依靠替人磨鏡為生，玻璃的碎粒對他的肺部造成傷害，他仍然好學不倦，利用晚間苦心研讀笛卡爾的論著，讀別人的作品，建立自己的哲學理論的基礎，後來他又跟荷蘭學者 Van Der Enden 學拉丁文，這一切都是通向他寫下聞名《倫理學》的啓蒙。

史賓諾沙《倫理學》的基礎建立在「心靈的至善是來自神的眞理，心靈的至美是認識宇宙的主宰……人步入永恒是由於與宇宙主宰產生智慧的交流，這就是至福。」海德堡大學禮聘史賓諾沙為哲學教授，他婉拒了，他依然以磨鏡片為生，為了擁有自由的時間，與思想上的自由，終於在一六七七年鏡片微塵眞正奪走他的生命，但他畢竟已為我們解開生命這齣大戲的謎題，史賓諾沙堅信一位掌握生命謎題，與最高智慧的主宰。

生命的玄妙，不只引證在萬物之靈的人身上，不但人類具有生存的潛力，沒有高智慧的動物也運用神祕的秉賦來適應他們在大自然中的生活。澳洲產的樹袋熊，只吃桉樹葉，造物主就賜給牠這樣一棵樹，讓牠能維持到二十年的壽命，幼熊出生時只有五・五克，在母熊袋中哺育成長。針鼴以無脊椎昆蟲爲食，牠們吃白蟻、螞蟻……與生俱來強而有力的鈎爪是祕密武器，專門挖掘破壞蚊巢蟻穴，能伸縮細長型的舌，舌尖含著由唾液腺分泌的黏液，黏住所捕食的昆蟲，所產的卵能在袋中孵化，由母鼴分泌豐富乳糖和酪蛋白的乳汁哺育。到了缺少食物的冬季，針鼴就過起冬眠生涯，全身成痲痺狀況，體溫只有攝氏五・五度，正適應大自然冬季的溫度。

其實，我們都生活在一個美的謎題中，早期尼特安人在求生求食餘閒中，也懂得收集美麗的貝殼和奇形怪狀的石頭來裝飾自己，舊石器時代的人類將他們的繪畫留在陰暗的山洞裡，他們還知道以舞蹈遣興。世界上還沒有文學這樣又奢侈又美的東西，遠古人圍在火堆邊，以他們的語言講起了他們自己的故事，部族的爭戰，河流山嶽的神祕，從生活經驗中取得智慧，濃厚神話的色彩……當甘多基和塔尼斯的山民唱起他們祖先自英格蘭帶回來的古代詩歌，他們以口傳頌，已迷上文學最原始的美。文學反映人生，文學這顆新星一湧進天際，頓時光芒四射，所有生活的題材都豐富了文學的世界，而所有文學的類型也豐富了人生。

走進巴黎一家水晶玻璃藝品店，櫥窗內展出一件藝術品，令我駐足流連；那是希臘神話美神之子艾勞斯與人間美女帕賽克的一尊水晶塑雕，一般看到都是大理石雕塑，以水晶來塑造這對情人我還是第一次見到。

艾勞斯和帕賽克的愛情是富有寓言的含義，愛情不純粹是花朝月夕下的浪漫詩句，而是地久天長的盟誓，是經得起考驗的，帕賽克（Payche）在希臘文是蝴蝶，也解釋爲靈魂，毛蟲化蝶的過程中，經過了枯悶、冗長的睡眠時期，一朝化身爲蝶，振翅在春日繁花間，就像靈魂脫離有形骸的皮囊，神遊美麗的世界。帕賽克受盡了痛苦和磨難而顯得更純潔，希臘神話寫的都是愛情悲劇，艾勞斯與帕賽克卻以喜劇收場。

「生」與「滅」都帶著「謎」與「祕」的色彩，蘇格拉底說：「在我生命之旅中，我總是做同樣的一個夢，那就是實踐藝術，因爲哲學就是偉大的藝術。」

哲學之夢，讓蘇格拉底超越生死。

當生命之花凋謝，它已完成了美的任務。

生命就如阿拂羅蒂德（美神）園中的兩柱泉，一是甜的，一是苦的。

在艾勞斯一個琥珀瓶裡，裝的就是這兩種泉水，痛苦總有盡了時候，剩下就是甘醇甜美了。

願我們都生活在這個美的謎題中。

一九九三、七、五《中央日報》副刊

文學女人的迷宮之旅

——讀趙淑俠〈文學女人的情關〉有感

因趙淑俠別具匠心鑄造「文學女人」這個辭兒，而使許多感情豐富、思維細膩、才情不凡的文學女人悠然神思。

文學女人的品味突然間被推上生活的舞臺，在舞臺的一角，有人黯然落淚，有人發出一聲寂寞的嘆息，也有人以詩一般優美的信函與這位文學女人中的女人——趙淑俠互通靈犀……

在〈文學女人的情關〉一文中，她一再提到三毛與吉錚這兩顆文壇閃亮的星光。情是古典的、靈性化的，而且十分昂貴，吉錚、三毛都爲了情付出生命，而且她們選擇死的方式都悲哀的近於「慘」字。也許不是前無古人，被稱爲「第十繆斯」，與荷馬齊名的古希臘女詩人莎孚，據說也因情跳海，是否葬身碧波，終究是個謎。被認爲自莎孚以來最偉大的女詩人狄金蓀，雖沒選擇死來解脫情緣，選擇的依然是另一種死亡，她遁隱在僻寂的故鄉，將通向幸福的房門緊閉，選擇了一位終身靈魂的朋友，將那份記憶供奉在詩歌的象牙塔裡。在這座象牙塔裡，她，「吟出時間與永恆」（To sing of time or eternity），這句詩原是丁尼生獻給彌爾頓，以它來比喻狄金蓀應是恰當的。

趙淑俠刻劃出文學女人高潔的形象，那就像一尊精緻的古瓷，是易碎的，她的筆如行雲流水，暢然而言，道出文學女人的實情眞性，用以寫小說，塑造人物的功力、技巧。平日她對心理學也有所涉獵，她將文學女人剖析得比文學女人自己還要清楚，透徹地看到自己內在的精神，她娓娓道來，自文學女人的情關、婚姻、困境一路談下去，引人神遊一座純爲文學女人建造的迷宮……

爲什麼文學女人寡歡愁殷？她們不是刻意與玉石比潔，與幽蘭爭芬，只因那屬於世俗的軀體中擁有一顆「詩心」，只因她們懷著水般的柔情，擁抱高潔的雅志，而渴望人間有這麼一位知己，可以在晝爲影，依形西東。當情感受到宿命、時間甚至世俗的摧毀，戛然而止，對文學女人就形成致命的烙傷。

《梧桐雨》雜劇裡的第四折，白仁甫佈局了一場秋雨，那雨滴溜溜打在階前，西風，刺刺地吹飄起敗葉，那懸掛在殿前屋簷下的玉片由於風吹過，互相闖擊，發出丁當鬧響……

這時已逝的楊貴妃來到夢中和唐明皇相會。

依著屏風，美人依舊是嬌豔如花，依舊是長生殿舊日的時光歡宴連連，梨園淸唱……但夢終歸是夢，夢醒了是「這雨一陣陣打梧桐葉凋，一點點滴人心碎了。」趙淑俠也將那大喜大悲的情緣解說成終歸是梧桐葉凋時節裡的一場秋夢。

人在年少時是不相信宿命的，趙淑俠卻常以佛家的「禪」去看人生，緣起緣滅，人生最後的終結是「空」。西洋人詮釋宿命，常將命運比喻爲冷心腸的魔法師，譬如《霍夫曼的故事》這齣歌劇，主角霍夫曼與少女安冬妮亞一見傾心，這位染有肺病的少女是不能歌唱的，但命運化身的魔法師一再命令安冬妮亞歌唱，她的歌聲美妙絕倫，卻是死亡的絕唱……

當夢醒時，愛情已成鏡花水月，這時霍夫曼看到人世間所沒有的美，司掌文藝的女神繆斯向他招手，啓示他朝往永生的藝術之途邁進。

不是所有文學女人都走上吉錚、三毛以死殉美的不歸之路，更多的文學女人活在現實人生的舞臺上，扮演著相同的角色，這時趙淑俠以充滿悲憫、溫柔的筆寫出她們寂寞的心聲。

她們是爲美化人間而生，
而燃燒自己。

她們也一定會透過這場秋夢，看到另一種永恆，像霍夫曼。

陶潛的文章一向是樸實淡遠，田園詩畫般的風格，出塵出世的思想，當我們讀了他的〈閑情賦〉，才知他的才華是多方面的，〈閑情賦〉被昭明太子蕭統認爲「白璧微瑕」而不被收入文選，這般取文，未免心存偏見，〈閑情賦〉並不同一般豔體文學，陶潛寫這篇以愛情爲主題的賦，也絲毫沒有影響他人格的完美，〈閑情賦〉仍代代爲人傳誦，並與張衡的〈定情賦〉、蔡邕的〈靜情賦〉並美。

趙淑俠以一系列「文學女人」爲題，文學女人一般是更含蓄的，性情也更內蘊，儘管她們爲文時洋洋灑灑，如江河流水，儘管她們也有浪漫思潮，但她們的世界多半是封閉的，一盞孤燈，一屋子書，將一個個不眠的長夜，燃燒成紙上的星光，她們追求人間的至情、至美……

趙淑俠透過本身的典型，公開的、坦誠的，向文學女人提出忠言。她也是國內第一位以文學女人爲題而執筆的人。她筆下的文學女人就如陶潛〈閑情賦〉所描寫的：「淡柔情於俗內，負雅志於高雲」純情無邪，可是這樣的情換來經常是幻滅，這是趙淑俠要敬告天下的文學女人的。她也試圖以佛學的智慧、哲學的理性，期望文學女人不要步三毛、吉錚的後塵。

古羅馬詩人賀拉西有首詩是嘲諷命運的，她說：

宿命玩弄她機靈的把戲，
將兩隻手同時操作是少有的，
每次總是輪流的，
或成就，
或破壞，
永不厭倦……

就算不是宿命玩弄她機靈的把戲，人生是活在「變數」中，世間沒有永遠不變的事物，期望不變是純粹理想主義，是浪漫而天真的文學女人的夢。文學女人將那份自認爲永恆的情鎖在象牙塔裡，而造成諸多幻象，活在這幻象裡，逐漸將青春年華，美好的歲月也鎖了進去。

《詩經・國風》中的〈召南〉將男女的情感寫得那麼美好，但大智大慧的人應該懂得「捨」，如果情感遭受到變數，再緊握那片飄走的白雲、溜走的水霧、遁逝的浪花，畢竟太癡，也太愚。趙淑俠寫〈精神貴族〉一文時，就不再是這座「迷宮」的主人，不續〈召南〉的餘歌，雖令人感到遺憾，但思想的轉變，引導文學女人進入理性思維的層次，未嘗不是一件好事。

引人進入這座文學女人迷宮是趙淑俠。

帶領人結束這趟迷宮之旅的必然也是她。

一九九三、七、二五《世界周刊》副刊

鱗羽中的龍鳳

——談祖慰心鶩八極的創作

旅居巴黎的祖慰曾在〈面壁笑人類——天才過剩〉一文中提到自己巴黎的寓所是「騾齋」，自喻爲騾，這是他的自嘲，其實他在中國大陸是被喻爲第一流的作家，就是在歐洲、在巴黎，他的聲望也很高。他的夫人吳素華女士是中國大陸音樂學院的系主任，是音樂界的國寶，她和祖慰伉儷情深。

「騾齋」令我想到法國十六世紀思想家蒙田(Montaigne)和他的圓型塔樓，蒙田雖名爲遁隱，可並沒有享受田園詩人陶潛「歡然酌春酒，摘我園中蔬」的生活，他懷鉛吮墨，將古希臘的醫學、哲學、修辭學和神學睿智的見解貫通綜合；如希波格拉底(Hippocrates)依症狀診斷疾病的法則、亞理斯多德的「修辭學」、普魯塔克、塞克斯特……而且他不斷思索與人類血肉有關的問題。他的書房內貼著引自古羅馬喜劇家泰倫斯的名言：

我是人，我認為人類的一切都與我血肉相關。

泰倫斯（Publius Terentsus Afer）出生於迦太基，曾淪爲羅馬人的奴隸，主人發現他敏慧過人，就延師教育他。他創作相當嚴謹，詞句優美精簡，依然保留希臘喜劇的風格，羅馬兩位文學家荷拉斯（Horace）與希賽羅（Cicero）都深愛他的劇作，蒙田將泰倫斯的話當成「箴言」是有道理的。

祖慰在他的「驟齋」面壁既不是遁隱，也不是面對亂石崩雲，驚濤掠岸的「赤壁」，像公瑾當年羽扇綸巾，恣意豪放，而是像蒙田一樣，以存疑的態度，很嚴肅去思索人類當前的問題。

普魯斯特（Marcel Proust）《追尋逝去的時光》（*A la Recherche du Temps Perdu*）首開現代小說的先河，不再依照傳統小說注重時間的次序，與情節間的因果關係。卡繆的《局外人》也是一樣，書中以第一人稱，沒有交代主角的背景，而以現在與現在有關聯的複合補語（Complitif）來表達，這是一條探索的路程。祖慰的小說在中國大陸被稱爲「怪味小說」，關於怪味的定義在他《心有靈犀的男孩》一書自序中說：「反正人類的大腦有模糊地把握世界的因而特優於電腦的功能，就不必去窮究怪味的精確定義了，說不定這種模糊不確定反而有著美學上的距離美效應呢？」接著他又說：「所謂常味小說，就是以典型的環境、典型人物來歸納再現於現實生活的現實主義小說。中國歷來以這種牌號的小說爲正統、爲常味。像畢卡索開始於寫實主義繪畫一樣，中國小說家都是以現實主義作爲起點的。不過，我是個不安分的角色……」

很顯然地，祖慰的小說走的不是傳統小說的路子，在《春江還需花月夜》雖不像卡繆《局外人》以第一人稱敍述，但卻是由樂器琵琶人格化的第二人稱敍述；他提出古希臘哲學家德謨克利特的話：「身體的美，若不與聰明才智相結合，是某種動物的東西。」他又提出審美的觀念：「上身比下身短十厘米，是最美的黃金分割比例身材……」但最特別的是談到人性，「人人神往美，當美不屬於自己的時候，就要化美爲醜才能存在」，他例舉：

「孫臏的才華之美遠勝龐涓而遭到龐涓的暗算，他就將糞便塗身、裝瘋，才逃出囚籠，才完成偉大著作：孫臏兵法。

劉備深知曹操愛才又嫉才，在曹操同他煮酒論英雄時，劉備就裝成凡夫俗子，連打雷也怕，曹操不再把他放在心上，劉備才能爭得三分天下。

物理學家居里夫人美名遠揚之後，一些同行用桃色新聞拚命醜化她，而支持她的人也穿梭而來，她不得不躲起來，潛心去再攀科學的高峰……」

祖慰博采百家，卻又獨成一格，言人所未言，對中國古典文學與西洋文學涉獵廣博，就如詹姆斯・喬艾斯古典文學根柢深厚，而採用創新的文學形態——意識流，他的《優里賽斯》(*Ulysses*) 是取自荷馬，是將「古典」裝進「現代」的框子裡。但若再深入去剖析祖慰小說運用的技巧，走的也不是現代小說幾位巨匠如卡夫卡、卡繆、喬艾斯、普魯斯特等人的路子，雖然祖慰自認「超驗小說並非他的獨創，是自奧地利小說家現代派小說開山祖卡夫卡那裡弄來的專利……」

作家若說純粹不受自己閱讀的影響是不可能的，但一提起筆來，祖慰就從這些現代小說巨擘的行列中游離出來，選擇一條很獨特的路。我相信他是中國第一位在小說裡引用西洋辯證哲學的人，海拉克里特則是歐洲首創辯證哲學的先祖。祖慰擅長引用哲學上的立論，以小說人物情節爲探討的過程，引人進入思考。他對哲學涉獵極廣極深，但他絕不特別標榜任何流派的思想，他細心去觀察人物，分析人性，這是中國現代小說少有而獨特的風格，這類作品不是順應潮流而創作，而是該列入爲千秋萬代而創作的行列中。

談到「辯證學」，春秋孔墨兩家都有辯證學的基礎，孔子的思想是一般倫理的，墨子的辯證是建立在審治亂上，如「辯也者，將以審治亂之紀。」就是荀子、老子也有類似解釋存疑的辯證基礎。法國有位治史的文學家——帝哀黎 (Augustin Thierry)，他就是寫《梅羅雯基時代故事》(*Les Récits des Temps Méroingiens*)，他治史態度嚴謹，以科學眞理，與哲學思想去解釋史蹟，他有荷馬寫史詩的文筆，又不忽略時代的史實，祖慰一些哲理性的小說，就有帝哀黎這種嚴謹的治學問的態度。

在《形而上的影子》中的女主角，她的影子是會說話的，祖慰並不著筆寫柏拉圖似形而上的感情，形而上以他這篇小說所詮釋「形而上就是對形的押象，比形更高一等，比萬物之靈更靈。」他又提出「超我」，「任何人只能在嚴格的範圍內發揮自我，因爲都有一個強大的超我在限制他、壓抑他。貝多芬的耳聾，曹雪芹的潦倒，因禁伽俐略的宗教裁判所……」對超我、形而上，祖慰是透過相反的角度去揣摩，這裡不是至高無上的「神性」，而是涉及「人性」。

這是一篇諷世的小說，很微妙地諷刺套上世俗的「影子哲學」，最後作者點明自己的看法：「但是，倘若人都影子化了，全沒有了重量，沒有了厚度，還獲得那麼多魔幻性，那人類世界將是個什麼樣子呢？」

在西元前三千年，埃及的僧侶就已經能分別星座，並將黃道帶分爲十二宮。僧侶對星宿的探討，到後來就醞釀成天文學觀念，但最初只是因這些神祕開光的天體，想到它們是否操縱人類「吉」與「兇」的命運。而且巴比倫的廟宇是朝著日出的方向——東方，金字塔獅身人像也是方向朝東，根據研究「定向」羅曼・洛克耶爵士的說法，不僅埃及、亞述、巴比倫，東方、希臘的廟宇也是朝東的。這是題外話，只是筆者借用「星」的引子來說「夢」，因「星宿」與「圓夢」是一物之二面，而且祖慰的《神會八大山人》與《馬克吐溫，你說錯了一半》都是以「夢」爲題。

希臘神話的艾爾莎歐尼（Alcyone）爲了追尋愛侶的踪影，化身爲海上的翠鳥，飛翔於煙波滄浪間。古印度英雄故事中的拉瑪和比瑪能遨遊於煙籠雲鎖的山嶺間。在西元前八百年蘇美人地區發現有披著翅膀的天使象牙雕刻，在浦塞波里斯豎立著西元六百年的四翼人像……「翼」表現「飛行」的意思，事實上人類不能飛行，古代神話巴比倫的依泰那是騎在鷹上才能飛行，人不能飛行，人限於遺傳分子，四種基礎元素製造糖和磷酸分子，這些分子組合了氨基酸……人的飛行就是「夢」的一部份，人除了夜裡做夢，白日裡也能塑夢……《神會八大山人》的祖慰，是以幽默的筆調去寫一個有趣的小說夢。他說：「生理學家說，人的睡眠由兩種睡眠狀態在交替著。一種是慢波睡眠，一種是快波睡眠。如果從慢波睡眠狀態中醒來，一夜所做的美夢、惡夢，統統忘光，如果從快波睡眠中醒來，則夢境歷歷在目……」他顯然是從快波睡眠中醒來，而如「數學家夢中解題，詩人夢中得句，弈棋手夢中破陣……」祖慰是小說家，就得了一個小說夢。

這個小說夢是很引人入勝的，讀者不要被「學理」嚇到，以爲作者引用意識流、夢境、心理學上的立論……，就是一些冗長、枯乏無味的篇章，讀祖慰的小說會令人愛不釋手，中夜燃燈，讀到曙色初曉是朋友間所津津樂道的。世間眞有這樣完整的小說夢？據我們一般的經驗，夢經常是支離破碎的，而是祖慰塑造了這樣一個動人的小說夢。

祖慰的作品，字裡行間經常有驚人之語，多數採取「反諷」，用典的幽默就如《紅樓夢》中的林黛玉，是博學似的幽默。如〈天才過剩〉一文，祖慰一開始就寫著：「面壁，佛說是返回我心，六根清淨，我說是心鶩八極，要重新給世界一個『祖氏編號』……」文字體澀而不滯，語深而不晦，筆端蘊秀，幽默雋永。

在進入〈螺旋的比翼鳥〉、〈凳子上的實驗心理學〉、〈驚人的平行〉、〈新體驗咖啡館經理〉每篇都是創新的作品。五十年代新小說在法國興起，他們認爲所有社會意義是屬於政治、經濟、哲學、心理學、社會學的範疇，就是左拉的自然主義也不是他們因襲的圭臬。他們很重視紀德所提出的轉移隱喻法（Mise enabyne），又似乎特別崇尚「爲藝術而藝術」，純粹表達精緻、工整，而雕琢的文字技巧。例舉亞蘭・羅伯哥里葉的新小說《倒置的方向》中的一段：

「舞臺空了，陽光仍在左邊，光度沒變，光秃秃垂直的樹梢正反射在波平如靜的水面，與夕陽餘暉交相輝映，在暗影深處，閃爍著倒置的方向，截成一斷一斷經過滯洗的黑色樹柱的影像。」

又如維珍妮亞・吳爾芙（Virginia Woolf）的作品，充滿了意識流、印象派的素描，「世界」是什麼？人的故事情節在那裡？所有的東西都像飛花迸彩，都是光與影……其實中國建安才子曹植，也常以他天才的筆寫出類似的句子，譬如：「流光正徘徊」「時雨靜飛塵」，譬如：「凝霜依玉除，清風飄飛閣。」……在戲劇的領域裡也不是墨守易卜生時代寫實主義的成規，而是不斷求新、求變，如第一次世界大戰前，在馬利涅特（Marinetti）領導下，就有「未來派」戲劇（futurism）反對所有的戲劇形式，當然包括古典與浪漫派的戲劇，「怪誕劇」（Crottesco）就是一例，它將舞臺聲光效果，片斷的劇情，夢幻、象徵與喜劇的諧味全融在一爐，意大利戲劇家加瑞里（L. Chiarelli）的《面具與面》（The Mask and the Face）就是其中的代表作品。

怪誕劇也影響了皮藍德羅（Luigi Pirandello），皮氏的作品在幽默中含著深沈的悲哀，否定形式化的藝術，重現存在人內心無意識狀態，和「相對論」的哲學理念。祖慰博覽群籍，他也如皮藍德羅，對人性內在行爲和動機有著深入的探討，是小說界一支孤軍，也是小說界的曙光。

祖慰的〈進入螺旋的比翼鳥〉就是一篇非常傑出的作品，許多作家都以「婚姻」爲主題，但少有人像他將婚姻的問題形容爲比翼鳥進入螺旋中那麼錯綜複雜，祖慰說：「你知道比翼鳥嗎？世上沒有這種鳥。我國古人覺得宇宙萬物沒有一物能比喻得了夫妻關係，因此就發揮想像，創造出一種鳥，無論是雌還是雄，都只有一隻眼睛、一個翅膀，只有雌雄合在一起才能高飛，所以叫比翼鳥，別名鶼鶼。」他又說：「我（小說中的主角）崇高地破壞了我們之間的比翼結構，崇高地進入螺旋。我們第一次划船，由於我膀大腰圓，划得快，她划得慢，船就失去了方向，在湖面上打轉。我想到小時候放風箏，兩根飄帶被風吹斷了一根，於是風箏就打著轉栽下地來。凡有平衡運動的地方，一旦失去平衡，就會出現不幸的螺旋……」

〈進入螺旋的比翼鳥〉嚴肅地提出婚姻與兩性的問題，讀者閱讀這篇作品心情並不輕鬆，祖慰引用理科原理，圖解，以及內心思索的歷程──一種比較理性的心路歷程，來寫這篇小說，他像幾位現代小說大師，只提出了問題，而不直接解答問題，換句話說，他留下了問題，讓讀者去思考，去尋求答案。

祖慰的作品表達感情部分較稀薄，理性色彩較濃厚，擅長以「理性」去剖析存在價值觀念的問題，他走的是學者的路，思想的表達相當客觀，而且他對哲學、美學、醫學、動物學、植物學都有所涉獵，引說的精闢讓人嘆爲觀止。但對天下的學問，他不依循傳統的論調，他研讀、吸收，然後透過科學存疑的態度，開始他個人的辯證，在〈猴天才前的咏嘆〉一文裡說：「正因爲人存著9／10的潛在智力可開發，才會發生偉大的科學家、哲學家、政治家、工程師、作家……如何開發9／10僅是勤奮？」他存疑了。古代諸位鴻儒，如蘇格拉底說：「我所得到的知識就是我一無所知。」古哲學家阿瑟希拉（Arcesilas）認爲「萬物皆無定數」，蒙田鑄在一枚勛章上的名言是來自塞克斯特（Sextus Empiricus）的一句話「我知道什麼呢？」（Que sais-Je ?）

存疑的態度也不一定要去挖學院派哲學家的牆角，存疑常常是開啓一扇通向智慧廟堂的鑰匙，接著祖慰解說他的存疑：「信息才是開掘智礦的鑽頭，社會變動愈大，刺激愈大，天才愈容易產生。希臘的皮瑞克里斯時代，意大利的文藝復興時代，英國的伊麗莎白時代，法國的路易十四時代，中國的春秋戰國和漢唐時代，都是群星閃爍的時代，並不是上述時代人的大腦神經元特別多，大腦皮質構造特殊，而是因爲這些時代的信息環境特別活躍，激勵行爲的信息特別富足。」

爲什麼中國人能製造上好的陶器，漢陶已相當精緻、結實，到了唐朝，唐三彩將陶塑藝術發揮到盡善盡美，除了中國人用比西方人更高的溫度來燒陶，唐三彩更塗上黃、綠、褐、藍、白等釉彩來燒製，由於懂得發揮金屬釉的特色，唐三彩絢麗光豔，歷久不變色。這種豐富而又高超的陶塑藝術，正可用來說明祖慰心鶩八極的文學創作。

一九九一、十、二八《歐洲日報》副刊

凡塵裡的鐘磬

——讀劉靜娟《咱們公開來偷聽》

人們常以「禪」來解釋佛學的高境，禪是深微奧妙的，要參透佛學的禪境，特別是在紅塵中參禪，就如蓮出汚泥，是精神的淨化，而佛堂寺院的一聲鐘磬，敲醒人間的痴夢，又是另一種精神淨化……

雨果在《光影集》裡把合鳴的鐘聲比喻爲眾鳥和仙子的輕歌妙舞，看來是平凡的比喻，用的卻是一枝溫柔的筆，劉靜娟在《咱們公開來偷聽》這部散文集用的也是一枝溫柔的筆，溫柔敦厚，富於涵養，清麗娟秀的外表，清麗娟秀的文筆，劉靜娟其人其文都是一流清淺，潺潺地緩緩地流過讀者的心頭。

她在凡塵裡敲起清亮的鐘聲，不是刻意敲醒人們的痴夢，更不是那類尖銳的、雄辯的激烈言辭，她在〈圓仔花，不知醜〉一文說：「圓仔花，不知醜，小時候常聽大人以這句臺語損那些不知自己斤兩，不知反省的人。其實數大就是美，洋紅色的圓仔花，一大簇一大簇，也很可愛……」她又說：「臺灣錢，淹腳目，已成爲講濫的辭，惟錢是尙，臺灣人的眼睛都已給淹了。所以沒有是非，沒有自尊，更別談什麼生活文化了。」

雖然人們說圓仔花不知醜，她仍然覺得大團大簇的圓仔花也有其可愛，但國人在「臺灣錢，淹腳目」中失去自尊與是非，就是影射了不知醜的圓仔花，她就不能不鳴了。

一般人對臺北計程車都有反面的意見，在〈臺北問講〉一文中劉靜娟說：「我也不是沒有碰過令我氣惱的司機——比方開快車、闖紅燈、音響震天價響、對著窗口吐檳榔汁、自動不找錢……」但她接著說，「但是，那樣的司機只是極少極少數。絕大多數的司機都跟你我一樣，爲了養家，出來規規矩矩地工作……」雨果在他作品中不再像其他浪漫主義的作家，只描寫人間的美，雨果對醜的人生也加以涵容，並非他酷愛醜，是他刻意留下一片希望的天空；災難、悲觀、懷疑、詛咒、黑暗等等都會過去，明朗幸福的人生是可以追尋的。劉靜娟將善的尺度拓廣了，她以涵容的心懷來道破人性的弱點，她寫的不是遊戲文字，語短心長，態度嚴肅，令人想起約翰生在一七五〇至一七五二年間發表的《漫談者》，看來雖只是一些談論人性弱點的短章，卻篇篇俱有嚴肅性。

約翰生爲編《莎士比亞全集》所寫的序文，被公認爲是一篇古典文獻，他說：「莎士比亞最偉大的地方是他將戲劇處理爲一面反映人生的鏡子。」

劉靜娟也擅長以她細膩的筆調來反映人生，她喜歡寫一些周圍的小人物，帶點幽默的意味，淡淡的素描，善解人意的將那些人物給寫活了，當然，那些人物都是人生舞臺上眞實的人物，但就算眞實的人物，作家一枝筆到底不是一部照相機，要寫活了可也不容易。譬如〈婆婆素描〉一文，是自她進周家（婆家）開始娓娓道來，以生動活潑的文字，將婆婆的形象刻劃出來，自始至終她沒談到婆婆的偉大，更沒刻意去描寫她是如何如何一位賢妻良母，婆婆是人，有人的通性，也有人性的弱點；她「卡看嘛是自己人好看」，她迷信「女人的衣物一定要晾在竹竿尾。」「去東埔時據說有一段路來回走數個小時，有些年輕人放棄了，婆婆神采奕奕走回來，大家爲她鼓掌，她也舉起雙手說：萬歲！」……

但婆婆談起早夭的兒子，她哽咽了，「一個母親，在二十年過去後，想起早夭的兒子，仍這般傷心，我有一種淒美的感覺，跟著紅了眼。」

假日去公公墳上拔野草，休息時，婆婆獨坐在墓上的大理石板說：「跟阿公借坐一下。」

劉靜娟接著說：「我喜歡她這樣，好像對天地俯仰無愧，對屬於自己的都無怨無尤地接受……」是婆婆的人生態度，也是她本人對人生的一種詮釋；「對天地俯仰無愧，對屬於自己的都無怨無尤地接受」是中國人將儒家與老莊溶成一爐，而悟煉出的人生哲學。最後劉靜娟很深情地說：「我好像一起走進那段原本與我毫不相干的歲月了。」

元人雜劇來自閭巷間，它的語言出自民間，善於運用俚語，而且像順口溜那麼流暢，譬如元人雜劇《魔合羅》裡以：

懸麻——形容大雨。

吉丟古堆——浪濤澎湃聲。

失留疎剌——風聲。

希留急了——風吹動樹林發出的聲音……

再看《魔合羅》的兩段素描文字：

（其一）俺家裡有一遭新板闥，在兩間高瓦屋，隔壁兒是個熟食店，對門兒是個生藥局……

（其二）門前一株大槐樹，高房子，紅油門兒，綠油窗兒；掛著斑竹簾兒；簾兒下臥著哈巴狗兒。

初看這兩段文字是那麼平淡，沒有特別斧琢的痕跡，用字也是那麼白，沒有辭采的修飾，可是讀起來那麼清暢，多一字嫌長，少一字嫌短。劉靜娟在操縱文字技巧上，也是這麼靈巧、圓熟、流暢，她喜歡運用鄉土的語言，用得十分自然，讀起來一點也不生澀，她的文字來自鄉土，像童言般純淨。

「我一下子眼睛熱起來，好像身在樸拙的農村社會裡。住在城市這麼多年了，喜愛純樸簡素生活的我，潛意識中還珍藏著許多農村心理，其中包括一輩子樂天知命的祖父……」

——〈公車情景〉

「竹圍，我的心境更加澄淨溫情了，這兒有一片紅樹林……在我幾乎是悲壯的意願下，一家人頂著太陽，去看那一大片鑲在土地邊緣的綠色花邊，去追逐泥濘地裡的琴手蟹。」

——〈再走一趟淡水線〉

在劉靜娟的作品裡，我們再一次讀到像都德（Alphonse Daudet）《磨坊之書》那樣質樸的心聲。

法國十七世紀文壇散文家西維奈夫人（Madame Sevigné），她從沒夢想自己將成為一位大文豪，她是位極有愛心的母親，受過良好的教育，曾是愛女的拉丁文老師，當愛女遠嫁，她惦掛她，就寫了一封又一封的信給她，這些信後來成為法國十七世紀珍貴的文獻與優美的散文作品，這些信就是有名的《書信選》。

西維奈優美善良的天性，對文學的熱愛，對美學的觀念，對她生活的貴族社會都有她個人的見解，她的話句句出自肺腑，並不矯飾，但她從不口誅筆伐損害他人的名譽，沒有粗鄙的言辭，筆端含有更多對人的寬厚與同情，在劉靜娟的作品裡也經常讀到這一層面。

亞歷山大·波普（Alexander Pope）說過：「錯誤出自人性，寬恕來自神。」劉靜娟不對人性的弱點加以揶揄，她以溫柔誠懇的話來糾正人性的弱點，潛移默化，令人折服！

當西維奈夫人看到林中古木，讚嘆宇宙的神奇，聆聽月下鶯囀，心中增添了寧靜平和，在布朗和阿里埃岸邊感受大自然的美……劉靜娟卻在二十世紀的臺北享受「春天的迴廊」——躲入故宮博物院的文物走廊，欣賞商周青銅器、冬景山水畫、漢代陶器宋宮窯、鼻煙壺，以及唐宋八大家詩人集特展……以種植黃金葛、秋海棠、萬年青、虎耳草、武竹來移情遣興……「看到虎耳草脈絡纖細分明，葉背有細細的毫毛，紅紋彩葉芋葉片薄，在燈光下像少女透明的皮膚……」迷上製陶，摩挲著或素樸、或繪有圖案的陶器自娛，「玩土」玩得逸興遄飛，她就是這麼以稚子之心玩著她的遊戲，包括寫文章在內。

人的年歲是不能挽留的，歲華與時間都沒法掌握在我們手裡，但文章卻不會老朽，所有想像力、文采、思維、情感都可以超越時間。當都德執筆寫他少年的回憶——《磨坊之書》，那動人、眞摯、令人熱淚泫然的篇章裡就有稚子的情懷。而世間平凡的人與事，在劉靜娟感性的筆下，也呈現出晶瑩、眞情與孩童般純稚的世界。

一九九三、五、二五《臺灣日報》副刊

拾夢記

安徒生童年十分孤獨，他喜愛看書，剪木偶穿的衣服，也喜愛演自己編的悲劇；他從古代傳說聽說他的故鄉亞燈河底就是通向中國的通道，安徒生善於吟唱，常常夢想中國皇太子能夠聽到他的歌聲，將他帶到中國去。這個夢想，就是他後來寫〈夜鶯〉的伏筆。這位窮苦鞋匠與洗衣婦的孩子，後來卻名滿天下，成為丹麥人的驕傲。

《安徒生的童話》就是他夢中世界的再現，而這一個個的夢境又都是他童年記憶與故鄉景物的縮影；當他故鄉霜寒冰凍，草葉凋零，他的夢悄悄地給他故事鑲上冰晶的花邊——那是他故事〈雪人〉的描寫：一大片白色珊瑚林……在安徒生童話的世界裡，精靈可以穿上月光與霧氣的披肩舉行舞會，地板也經過月光洗過變得十分光淨……海底也有一個世界，那是珊瑚牆、琥珀窗，屋頂則是黑色的貝殼——海的宮殿……

「夢」醫治安徒生少年的憂鬱，也讓他與他那個孩子夢中的王國——一篇篇動人的童話一樣不朽。我們也曾經有一個童年，大多數的人只是迷迷茫茫走過那略帶稚氣與羞怯的歲月，我們也許懷著一個偉大的夢，但在成人一張張嚴肅刻板的臉孔注視下，那個夢突然變得十分可笑，甚至在日後，我們也嘲笑自己當年的幼稚……當年安徒生的父親，窮愁潦倒的老鞋匠，也曾經夢想自己是位博學之士，是他，給他兒子做了那套木偶，是他，給他兒子讀《一千零一夜》裡神祕的故事……而他兒子卻一一實現他當年的夢境。

每天清早，我送女兒上學，當我面對那一張張白的、黑的、黃的臉孔，一張張稚氣的、光淨的、健康的、瘦弱的、快樂與憂鬱的小臉，我常想：在那些臉孔中也許有不止一顆的心，在做著偉大的夢，也許是一位偉大的科學家，一位偉大的醫生，一位偉大的文豪或哲學家，那都是未來世界的主人。

小說反映人生，當我們讀到現代小說描寫那種孤絕、無望、虛無……一股悲哀的暗流像浪潮般吞沒我們那個「點燈的世界」。就是早在十九世紀，自然主義大師左拉，運用科學的精神、醫學與遺傳學的理論寫成了《盧恭・馬喀家族》(*Les Rougon-Macquart*)那樣偉大的一部文學巨著，讀後也感到一樣悲慘與無望。一切美的、光明的、善的是不是一片海市蜃樓？以講求實際的刀法去剖析現實人生，人生毫無美感存在，那個古典的，含著幾分玄妙、幾分朦朧的夢逐漸在現實世界失落了。

那個失落的夢曾經在我們母親時代、祖母時代，或更早更早的時代醞釀，那織夢的手就像紡著一匹五色繽紛的紗，不是那種曾經穿在我們身上的衣料，變小了、變舊了、褪了色就扔了的衣料，而是一匹永不褪色，在悠長歲月裡，依舊色彩鮮豔的衣料。

張岱晚年，面對國破家亡、故交朋輩凋零的悲痛，意境蒼涼。那時他避隱山居，只有破床碎几、舊書病琴，他的生活也只能維持布衣蔬食，或甚至斷炊。再回首二十年前的繁華，絲竹管弦、梨園結社、鮮衣美食、花果詩書……竟成夢幻。他不像采石江畔撈月的李白，有著豪邁的詩情，而是懷著即將與草木同朽的心境，一寸一寸地拾起那個破碎的夢，寫成《陶庵夢憶》，同時也以二十七年漫長的歲月完成了明史巨著。對張岱來說，那個繁華的夢是失落了，對後代喜愛小品散章的讀者，《陶庵夢憶》的夢是沒有了結的時候。

假期，我們去看法國的高山大湖，在曼密斯山半山腰間有一片山村，山坡綠野像夢境一般延展，當天竺葵凋謝的季節，滿山滿野是燦爛的秋景……住在這山村中人家是否也會感到山中的冷寂？城市繁華燈火的迷人？但對我這匆匆路過的旅客，這兒美得像我夢中世界的翻版。

我們常常這樣想，若能背起行囊走過千山萬水，去尋找一個廣闊的世界該多好，當我們達到目的地之後，又往往會發現那個夢想中的世界也有著不完美的一面，也有著悲哀與痛苦，就是走到世界盡頭，也沒有一處眞正是夢想中的「桃花源」。那個夢想中的廣闊世界其實就在你心靈的一隅，如果你也有一個夢，人生有夢，就如穿上一件黃金纖維製成的外衣，永遠有著斑斕的色彩。

心理學上重視對夢境的分析，學者也開始去探討、去肯定「夢」的價值，而多數是著筆在潛意識夢境的方面。在白日意識活動的範圍，我們的夢是否更有價值？當年莫里哀也有一個夢，他的夢就是「戲劇」。這個夢也許在少年時代與外祖父在露天劇場看戲時就醞釀在心底，也許深受女伶馬德雷娜的影響，但終其一生，他一直努力去實現少年的夢。他組織劇團，負債下獄，他離開巴黎，過著流浪生涯，他演高乃依的作品，嘗試各類劇作……這種不屈不撓的努力，深入人生痛苦的閱歷，對人性觀察的細微，與偉大哲學家的胸懷，使他透過人性的悲劇，發掘人生喜劇的成分。如果當年莫里哀不積極去實現他的夢，法國就沒有這位偉大的戲劇家，天才也必像流星一樣剎那消逝。

誰說夢總是殘缺的，讓我們也爲圓一個夢而努力罷！

一九八八、二、八《中華日報》副刊

飛馳在星光世界的人（外一章）

在法國魯瓦河上一個小鄉城，我們度過夏天的大半假期，在魯瓦河的支流——歐爾河上，參觀了巴爾札克寫他《人間喜劇》的「沙榭堡」，又去臨弔亨利二世稱之爲最美麗的友人——黛安娜生前住過的夏蘿繡堡……

當我們駕車經過魯瓦河的小城，就想到一位法國朋友布格曼，他是位小學老師，教過我女兒一年課程，他獻身教育三十年，學生總是念念不忘這位恩師。

他十分鍾愛我女兒，經常將他小時候收集的畫幅、書籍、貝殼、奇石當成禮物送給女兒獎勵她，她認爲女兒天資不錯，除了課內書籍，他也鼓勵她閱讀課外書籍。

布格曼留著八字鬍，鬈圈的頭髮梳理得條紋分明。他人很瘦小，貌不驚人，經常穿著白領花格襯衫，外罩淡色西裝，皮鞋總是擦得雪亮，內在發揮出來的仁慈，使這位小人物看起來像巨人……

「今天我們班上同學都哭了，布格曼先生也哭了，因爲我們就要分別了，他說他只是一盞小燭火，用他有限的知識照亮我們……他說我們有一天會變成巨火，那光亮將蓋過一盞小燭火……」學年度結束的時候，女兒捧著一張滿是「A」的成績單回來，臉上卻垂著兩行淚珠。

一盞小燭火，布格曼先生就懷著這樣渺小的奢望，跋涉了三十年，而且繼續這段未完的路程……

布格曼有一幢祖傳老屋位於魯瓦河畔，每年暑假，他就回魯瓦河老屋度假，像大多數法國朋友，歡迎我們路過魯瓦河畔去小住幾日。

我們第一次來到魯瓦河，在一個陌生的小城，找一個陌生的地址並不容易，一直找到傍晚時分，才在一幢石造的老屋前停車，布格曼見了我們又驚喜又熱誠，他的太太親熱地吻著女兒的雙頰……我們原想造訪片刻就繼續自己的行程，但在他們夫婦盛情下，就決定住一個晚上，而且天色已暗，再去找旅館也不方便。

布格曼太太將晚餐設在樓上露天陽臺上，面對就是魯瓦河上的夜景……法國人的晚餐就是一種情調，一種生活的藝術，晚餐吃得很晚，而且吃得很慢，先來飯前酒，正餐過後有甜點咖啡，再接下來就進入乾酪與梨與飯後酒的階段，賓客不盡歡，話題沒有結束，晚餐是不會提早結束。

在陽光樹影下，魯瓦河的水是蔚藍的，籠罩著星輝月痕的魯瓦河是銀色的，是天上銀河的塑型，魯瓦河上那些曾是兵家之地的古堡、城樓，那些英雄事蹟、佳人韻事也似乎都歸入神話檔案了……

因爲這河、這月、這星光、這種綿邈悠長的歷史軼事，我們心裡各有感慨……

「我原本出身於法國一所最有名望的學校，我的父母、家人朋友原都期望我會走另一條路，當大學教授、學者名流，或走上政壇，沒想到我當了一輩子小學教員……」布格曼悠悠地說。

「我愛這份工作，我自己沒有孩子，但我愛孩子，孩子讓我看到一個更美好的遠景，一個更美好的世界。我的學生中如今有當大學教授、學者名流、市長、議員的……也有當建築工人、木匠、鞋匠、理髮師……在我眼中都是一樣，都是當年坐在教室裡稚嫩、純眞、好奇的一張張小臉……」

在夜色下，布格曼先生的臉像經過炭筆畫過的，他的眼像兩盞發光的星火，他的身軀不再瘦小，是經過精神雕塑的軀幹……

「大多數的人認爲他們走的是一條越來越窄狹的路，但在我看來，那條路不但不窄狹，而是寒冬也無法讓它荒涼的綠野大道，因爲在這條路上不是我一個人走，是一群未來世界的小主人和我一起走……」

我望著布格曼的臉，想的是福克納小說中所塑造的一位小人物——「他感到自己像被裹在嘲笑聲中，但在這樣的世界上只是一個幻影、一個夢，眞實的世界是另外一個世界，超越過它，他心中的偶像，就騎在一匹純種的黑馬上飛馳……」

騎在純種黑馬上飛馳，那是這位小人物心中仁慈的形象，布格曼也是這樣的人物，奔馳在人世上，卻像飛馳在星光的世界。

瑪利雪麗

我經常注視教堂彩繪玻璃上所畫天使的臉，在每張臉上都罩著一層莊嚴、一層肅穆，還有幾分憂傷……

有一天，我在一張婦人的臉上，發現同樣的神情。

瑪利雪麗站在她臥室一張描金穿衣鏡前，鏡中出現一張勻稱、娟秀的臉，一襲黑白構色的洋裝，黑色絲襪與鞋……那張臉，那種表情，那樣的裝束，無論從那個角度看來，都是一位聖女。

瑪利雪麗就是位謎一樣的人物。

她從一位父執輩繼承了一份遺產，本可以靠這份遺產安安穩穩過日子，她卻以這筆款子設立了一家醫院，鄰人中有的就批評瑪利雪麗是位有野心的女人，她設立醫院目的在營利，有的說瑪利雪麗年屆四十，依舊未嫁，是位古怪的單身女郎，有的說她道貌岸然，是位紅塵中的女修士……這些風言風語多少也傳進她的耳中，她依舊過她謎樣的生活，絲毫不爲那些鄙夷的眼光亂了方寸。

有一次她出現在鄰居貝魯斯老太太的茶宴上，破例地穿了一襲淺藍色絲織洋裝，也略爲改變了髮型，一種風華綽約姿容使在場許多青春少女黯然失色……

「瑪利雪麗，妳穿這身藍好高雅！」我讚美她。

「我倒覺得妳什麼時候看起來都是那麼好看，我穿這身藍還是貝魯斯老太太特別叮嚀的，她說這是她孫女的訂婚茶宴，我總該穿件有點喜氣的衣服，妳當然知道她的意思，她老人家是不要我穿黑色來參加茶宴……」她說。

「其實偶然換套別的顏色穿穿，使妳看起來更動人。」

「唉……」瑪利雪麗一聲幽嘆，將手中的雞尾酒一飲而盡，我已在懊惱是否說錯話惹得她不高興，貝魯斯老太太拉著她的孫女、準孫女婿過來和我們寒暄，瑪利雪麗與我忙向準新人說些道賀的話，就將剛才發生的一節給擱下了。

參加茶宴的人很多，室內空氣也有些悶，我兀自拉開客廳的門，卻發現廊上站著瑪利雪麗……

「春天已經來了，貝魯斯老太太的花園眞美，妳看，那一片山杜鵑……」瑪利雪麗轉身看我，悠悠地說。

「對我來說，春天已經老了，春天是鵑淚點點，是一場殘夢……」瑪利雪麗的話引起我一陣愴然，是不是我內心一直有一幅抹不掉的畫面？在畫面裡永遠有位幽怨淑女，低迴在春鵑灑淚的梅樹下，在蕭瑟的秋闌之夜，在露腳飛遲、霜花飄涼的樓臺間……有時是東方，有時是西方，場景會變，人物會變，現在又換上瑪利雪麗，但情感不變，總是我心中陳年舊篋中一行清箋。

我只是打開舊篋取了出來，在暖爐邊，在瓊花飛薔薇晚的時季，在春老蘭情衰謝的時季，一遍一遍去吟詠……

「當我很年輕的時候也穿紅穿綠，我也像那些青春華年的少女一樣快樂，但自從他去了之後，春天就已經老了……」

「他，是我唯一最懷念、最愛的人，年輕時候發生的感情，是難以忘懷的，但他就在我面前一寸一寸地死去，他死於胃癌，那種痛苦與折磨不是一剎那的，是一寸一寸地將生命消耗殆盡，妳懂嗎？一寸一寸地死去……」瑪利雪麗並沒有哭，可是有種比哭聲更淒涼的聲音自她唇間一字一字地迸出。

「他的名字就是我醫院的名字，我開醫院不是爲營利，法國公立醫院這麼多，豈能爲開醫院而營利？我醫院的經濟數字年年赤字，我是醫院的主持人，也是義工。最初創立醫院純粹是爲了『他』，爲了一份『情』，但慢慢的，一種宗教情感啓示我，使我懂得因愛他，也愛那些病痛不幸的人，我不在乎鄰人背後閒言閒語，眞理是不需要辯白的……」

呈現我面前的那張瑪利雪麗的臉，就是教堂彩繪玻璃上那張天使的臉。

一九九一、九、二五《自立晚報》副刊

留它似夢，送它如客

人間四季，在柳意迷離的曉霧中，在花夢零落的五更天，在蝶化綵衣，春臨閭巷的時辰……演出是一齣齣題名爲「美」的劇，那種美的情感讓人不忍割捨，那種情感留它似夢，送它如客。

晚春，在巴嘉蒂園

雖說畫堂春暖的季節正持續著，但在巴嘉蒂園，在碧樹間已演出「斷紅成陣」，木蘭花已過了時辰，粉紅色像特寫放大的花瓣已鋪滿了一地，就像褪色的波斯地毯。

拂人衣袖是暖暖的南風，是紫丁香花的馨香，是度花穿樹啼春、惜春、別春的數聲杜宇……

沒有人在這兒過著仰飛纖繳，俯釣長流，狩獵垂釣的生涯，遊園的人都是紳士淑女典型的文明人，所以園中的孔雀、雉鳥、野鴿、知更……池中的鴛鴦野鴨、天鵝都悠遊自在。

突然，一片瓴甓在陽光下耀眼著五色炫亮，孔雀開屏了……

突然，所有落花的色澤都寫在那飛走雉鳥的羽翼上了……

眼前出現一片水中倒影，是孫綽辭賦中「匿峰於千嶺」的一幅縮影，只因波動的水讓假山重疊，展現出重山隱藏的假象，於是滑石莓苔，翠屏壁立，披荒榛，陡峭崿，造出了園景藝術，也造出中國人的意境。

未能趕上千金榆淅淅瀝瀝下起一場黃金雨，泡桐滿樹的紫花也凋零了……

雖說在晚春的巴嘉蒂園，紅葩蕨蕤已換成落英飄飄的場景，畢竟離空林黃葉凋落的時間還遠，而木豆樹已含苞，絲樹就要開出火焰花，山毛櫸也將垂成綠色的瀑布……

黃金七弦琴——夜的聖米歇爾山

夜的簾幕正徐徐下降，將蒼茫茫的朦朧罩向大地……

「晚雲是一團中國潑墨……」一位文彩華茂的友人說。

在馬利富修的鄉間老屋前，在這座稱爲「黃金球」的小鄉城，我們就捲進那團中國潑墨畫中，遠遠觀覽夜的聖米歇爾山……

我想借田亨萊形容夜鶯的詩告訴你：「聖米歇爾山也有一張古希臘黃金的七弦琴。」

我還想告訴你，那七弦琴是來自天琴星座，是阿波羅兒子奧爾非的手琴……

在那樣一個渲染著中國潑墨畫的夜晚，我也在美的氛圍中化成泡沫——就如安徒生童話中那位暗戀王子的美人魚。

聖米歇爾山四周驚飇似的浪濤聲也將譜入宮商，好讓寂寞的旅人走入荒山野谷，還能像古代行吟詩人一路吟唱……

雖然沒有鱸膾秋杯，但爐火已燃亮，晚餐桌上也燈火輝煌，在古老鄉居壁爐的火光中，我似乎見到一片火的谷地，一片燒毀了的城郭，而聖米歇爾山經過百年戰爭火的煉獄，依然屹立天地間。

今晚，在爐火邊相聚的友人，不久即將各奔東西。

讓「美」取代別離的憂傷，所以我只想告訴你：聖米歇爾山也有一張古希臘黃金的七弦琴，那也是奧爾非的手琴，他死後葬在赫柏納森林，那兒的夜鶯會唱起令人腸斷的歌聲……

魯瓦河上舊時光

晚來，夕陽與染紅的野栗子樹林互輝映，就如古代宮廷裡列的宮娥，在夜暮初降的時辰，高高挑起絳紗燈籠……

我在晚風吹動的布簾影兒前喝茶，我用的是有著梅花斑紋的茶碗，喝起嫩鵝黃一般的臺灣涷頂烏龍茶。

離七夕不遠，中國古代有「種生」的風俗，就是在七夕前幾日，拿個磁盆將綠豆、小豆、小麥浸在清水裡，出芽後用絲線束起，供奉牛郎星……那是否也像希臘人過「安東尼」節，從一粒穀子的生死輪迴，發展到迎春的慶典，純粹象徵農民熱愛泥土大地的精神？或者也是一種古典的情致？

在澄澄月色、岑岑銀漢的夜晚，說盡了千秋萬古情。

在碧窗紗、鴛鴦瓦、烟鎖霧籠中空對井梧，突然間天地摧塌，地老天荒……

月兒初升時，彷如絳紗的燈罩兒，罩著一盞水晶燈，魯瓦河的流水是瑤琴音泛，而不是鳳簫羯鼓引來了黃埃散漫……

鴛甃夜雨，鸞鏡塵昏，

獸鑪香冷，秋聲春聲……原都寓寄一個「情」字，而所有千秋萬古情都為了尋求美學理論上「美」的最高點，都是以心靈的纖維在編織一匹繽紛的緞。

魯瓦河的流水也一再細訴十六世紀的宮廷舊事：亨利二世與黛安娜那段動人的愛情

故事。

安西的黃昏

黃昏，沿著安西的湖畔漫步。

思維也像披上秋水一般澄藍的一襲羅裳，夢也在湖水裡搖成輕烟……

那愁上釵簪是秋天的花，輕朱薄粉，將花粉的酣香搖散的晚風中，與寸寸隨著斜陽而去的鳴禽聲中，那歸棲的鳥羽全沾上花香……

我站在古城牆與古教堂前，處處繁花，處處流水的迴廊間，而這座像因一次陸沈而埋在地底幾千年的古老城市，又像一首〈故城曲〉，重唱起前朝淒涼烟月的老調，於是：

暖空白露，

流天素月，都將寫進這首曲中，

安西的湖水也像一種披奏，在無聲中忽成韻律。

夏的遁逝——在阿爾卑斯山

夏日將逝，

但夏這幕劇卻將尾聲結束的非常緩慢。只感到白天縮短了，陽光也不炙熱，夕陽斜射到長廊上就幻化成迷人的金黃色的光影，眞是像傑克馬都（Jacques Madaule）筆下所形容的是借用了希臘神話邁達新（Midas）的金手指，將夕陽點成黃金。

在阿爾卑斯山上，在夏日結束前那幾個日子，也好像用夏日最後的玫瑰，凋萎了的花瓣製成的香精……風吹在稠密的葉間，就發出絹絲摩擦的微響，時間的鐘擺也有些懶散了……沁人心脾濃郁持久的芬芳，都隨逐漸凋謝的繁花去到「他鄉」作客……

夏天的結束，也像東羅馬帝國、拜占庭帝國的結束，在題寫沒落衰亡末代帝國這首詩裡，用的必是褪色的黃金風格。

在異鄉，沒有綉帷珠簾，讓我依著簾兒聽風篁成韻，在阿爾卑斯山假期結束前的幾個夜晚，我愛依在敞開的窗前，就如依在綉帷珠簾邊兒，度過一個秋霜墜、寒蛩泣、很中國的夜晚，於是鄉愁就化成迸裂的珠淚、滴碎的荷聲……

夏日將逝，
夏的落幕用的收場詩（Exodos）必是褪了色的黃金風格。

一九九三、四、十二《中央日報》副刊

我那異鄉飄零的家

倫敦

那幢老舊的公寓坐落在倫敦市區，能看到升降齒輪的老式電梯將我們運向頂樓，室內鋪著厚厚的地毯，老舊的家具，泛黃褪色的絲絨窗簾，一株盆栽，熱帶植物——這就是我異鄉客旅的第一個家。

其實那只能算是蛞蝓的窩、蟈蟈蜜蜂兒的巢、知更的家，在明朗無霧的時刻，望向窗外，市街、塔樓、劇院以及泰晤士河上的船舶都可一覽無遺。

站在威斯敏斯特橋上（Westminster Bridge），華茲華斯的詩句就會湧向心頭：

Earth has not anything to show more……

（世上再沒有比這更美……）

但湧向心頭也是惦念國土家園家人的心境，離鄉背井，「家園」就成了世上最美好的地方。

泰晤士河畔、倫敦橋、西敏寺、大英博物館、白金漢宮、海德公園與蕾金公園……倫敦春夏秋冬四季，都在上演一場永不落幕的戲，就算莎士比亞的悲劇《安東尼與克里奧佩屈拉》已演到尾聲：

王冠已從這地球失落，我愛；
戰爭的花環也枯凋了……
在這月光臨照的人間，
已經沒有值得誇耀的事了。

倫敦這齣戲還是日復日、年復年地演下去，我這闖進倫敦大舞臺的異鄉人，只不過串演一介「過客」。

牛津的屋德斯多街、華頓街與玫瑰岸

暫時揮別倫敦那座大舞臺，來到牛津古城，歷史的扉頁將我領進可歌、可泣、可哀、可嘆的舊世紀；牛津大教堂的古城牆寫著一一四二年冬天的故事，瑪堤達穿著白衣在她表兄圍剿下從雪地逃亡，帶領十字軍東征的理查一世和其弟約翰就出生在隱祕的波蒙特皇宮(Palace of Beaumont)。黎德利主教等人在瑪莉一世殉教時，死於慘酷的火刑。沙克遜女修道院是聖費德絲薇蒂所創建的，理查一世更以牛津為根據地，在內戰時對抗英國議會。吐爾街已封為歷史的陳蹟，在古代市集時曾是牲畜的主要通道……

牛津就是這麼一座充滿舊世紀色彩的古城，河流如畫，華美莊嚴的建築，古木參天，石板路上響起智慧的迴音……

在牛津兩年我搬了三次家，屋德斯多街庫克太太那幢維多利亞古樓的頂層，也曾是我異鄉溫暖的家，三月櫻桃花開的季節，庫克太太與我共度春寒中的花時。華頓街寓所窗對面那座陰森的墓園，在我孤燈夜讀的時刻，就像迷宮之后克麗絲蒂筆下一處令人驚心的場景。玫瑰岸附近的湖，湖畔草地上的野兎，沿著湖岸兩旁遍地綻放的水仙，春痕留筆之處，就有水仙的踪影。

美與智慧，是我在牛津兩年最深切的體悟，
那裡留著我年輕歲月的夢痕。

伯肯赫德小城

就如水手們所說：
那是被祝福的城。
(And there's the Blessed-City — SO the sailors say.)

隨著梅斯非德（John Masefield）的描寫，在落日邊岸，只要尋找到航路，在沈睡藍礁湖沿岸的海灣，那裡有一座城，不是黃金之城（The Golden City），而是一座昔日繁榮，今日已逐漸沒落的城市。

剛搬進利物浦大學頂樓的宿舍，我的心情也跟著這座古舊、剝落，幾乎有些凋敗的大城一樣灰黯，一下子從牛津典雅、優美的氣氛走入一個完全不同的環境，內心也極苦悶，只想早早完成學業回到自己的鄉土。

當我見到大河滾滾的密西賽河，見到美麗的海景，就開始對這城市有了好感，再回憶母親與我們在頂樓宿舍共度聖誕，在伯肯赫德鄉居蒔花植木，竟也是溫馨美好，而且我的女兒就在此出生。

在伯肯赫德小城，我們買下第二次世界大戰前就存在的「老店」，也購置異鄉第一座「莊園」，有了寬敞舒適的環境，而家居附近就是海，在捲起千堆雪的浪花中，在荒涼、美麗的海邊，我又再次步入美的氛圍，正如梅斯非德所說：

我聽到花季的歌謠，
與古調的海頌。

(I have heard the song of the blossoms,
And the old chant of the sea.)

巴黎與塞納河畔的波多小城

在一棵老楝樹下，圍著一圈孩童，他們不羨慕女仙慕甘娜所展現神奇的樓閣和懸空的花園，他們聚精會神在聽一位老者講故事；講聖女貞德，講法國大革命被處絞刑的夏洛歌婕(Charlotte Corday)，還有亨利四世、拿破崙。

我一定也在那圈孩童當中，從父親遠遊寄回的明信片，我就對法蘭西這個國家，與巴黎這座藝術之都懷著神往的夢……

我終於來了巴黎，不像安徒生童話所說，是借蒸汽的力量，乘船或火車去看巴黎展覽會，我來了巴黎一住七年，我也不只是看到樓梯旁裝飾著花，樓梯鋪著柔軟的地毯，我看到巴黎在藝術建築展現了寬廣而宏麗的多層面……

我終於迷失在巴黎這座美的迷宮中了。

剛來巴黎因人地生疏，在旅館住了一個多月，一間雙人房就成我們一家三口巴黎最初的家，住意大利時，旅館女主人每天早晨還供應我們熱咖啡，在巴黎一個月，早餐永遠是冷食，所幸法國礦泉水好，也還不至於導致腸胃不適現象，而藝術又是最豐美的早餐。羅浮的珍藏、達賽博物館印象派大師的畫、羅丹的雕刻藝術、歌劇院、協和廣場前的噴泉、艾飛爾高塔、凱旋門、香榭里大道……巴黎是人類心靈活動的具體化，是精神美的最高點。

搬進巴黎近郊塞納河畔的波多小城，才發覺這座小城住的是清一色的阿拉伯人，阿拉伯女人披著有帽的長斗蓬穿梭於街頭巷尾間，飄過耳邊也是若聽天書的阿拉伯語，若不是建築與樹的特色，幾疑心置身於阿拉伯。但住處靠近塞納河畔，橋頭凝眸，在莎翁十四行詩——

六月炙暑燃燒四月芬芳中。

(Thee April perfumes in thee hot Junes burn'd.)

我又提筆寫我喜愛的散文，而記憶中的波多小城也只有大自然的音籟而不是聒噪的阿拉伯語。

凡爾賽古城

住在波多小城假日不上課，就經常四出旅行，諾曼地的海景，聖米歇爾山、魯瓦河上的皇宮，阿爾卑斯山村……去的次數最多的是凡爾賽古城。

幾乎是第一次，在驚鴻一瞥中就愛上這座早年只是皇家打獵用的莊園，現在卻是世界上最美、最古典雅緻的皇宮之一，而環繞這座皇宮的高大梧桐樹，以及窄胡同裡那散發悠遠歲月寒香的古玩、雕塑、古畫、瓷器、珠寶、服裝的小店，也那麼吸引我。

雖然皇家舊事已成過去，現在的法國人還是稱凡爾賽爲皇城，所以這兒的中國餐館都名之爲「大皇城酒家」、「皇城酒家」之類。

去凡爾賽次數多了，對這座古城就有點不能割捨，就將英國伯肯赫德房產出售，在凡爾賽買了一家法式食品店。「爲什麼總是喜愛寧靜、優雅和古典？」有許多人這麼問我，也許自小我就是被這紛紛擾擾世界所遺忘的一個小逗號、小音符，應該被安置在一頁古典樂章裡，卻被幾位大師所忘了……

在凡爾賽我住的是公寓，沒有伯肯赫德的深宅大院，但我深愛凡爾賽傳統的民風，優雅而又古典，總是寂寞一個人去看看這座古城，坐在面對花市的咖啡座喝杯熱牛奶，有幾分灑脫而又帶點不捨，讓季節在我眼前流逝……

我在凡爾賽一住六年，不知命運是否還會將我帶往飄泊的他鄉？但此時此刻我像停留在安謐小灣的「秋天」，雖然清寂，卻是那麼美好……

林中落葉飄盡，
地上花事已休，
蒼天一片寂靜，

　　唯有磨房的水輪低咽。

雪萊的詩句寫出十一月凡爾賽暮色的風貌，也寫出我十六年來異鄉歲月的心境。

一九九二、五、五《世界日報》副刊

塞萬提斯的故鄉

這是一片褐紅色的山與大地，穹窿般的巨石豁然間出現了，就綴飾在重岡疊嶂間，沒有「流者嚷雪，停者毓黛」那樣的急流一路排山倒谷而來，也沒有迸珠戛玉似的潺潺流響，迴奔倒湧是這一片荒蕪、悲愴而又磅礴像月球表面的山與大地，連古堡、古牆也是光禿、駁落的，但卻輪廓清晰……

我終於來到塞萬提斯的故鄉──西班牙，在馬德里有條街稱為西街，那兒曾有一家名為「商戈爾」的酒店，塞萬提斯潦倒時住過，但經過歷史的浪潮，千秋的洗禮，誰也不再想到當年衣衫襤褸的遠方浪人，這位令西班牙人驕傲的一代文豪喝過的曼莎尼酒、托萊多葡萄酒反而都讓後代的人小心地考證，那沾過塞萬提斯口唇的酒名，都突然芳醇無比，那陳年老酒都染上牧神體膚的色澤，如果也有一首酒歌，吟唱起來必能震撼葉梢，牽動善歌的黃鶯，塞萬提斯原來住的不是「商戈爾」酒店，他是住在宇宙星座裡的一家客棧。

走街串巷，旅人就這麼四處遊逛，在有著棕櫚、寬葉木、橡樹、百里香和荆棘的國土上，巴洛克華麗的建築，光豔奪目的圓頂與琉璃瓦在陽光下閃爍，「萊雅斯」這樣的場景也許就安排在十七世紀西班牙《莎爾蘇耶拉》這一類戲劇中的一幕，不只是萊雅斯這麼古雅的欄杆，一座座的屋宇，潔白的像經過天使的手以月光流液清洗過，而且綴飾著薇靈仙、天竹葵……

在暮色籠罩的黃昏，當人們擊打古老的響板、鈴鼓這類民間樂器，唱起安塔盧西亞熱情的民歌，念起那位盲風琴手沙羅那斯，當民衆的庭院突然傳來樂聲，伴著塞爾維亞的舞步，就處處洋溢著節慶的氣氛……

一九一一年達文西〈蒙娜麗莎的微笑〉自羅浮宮失踪，消息一傳出來舉世震驚，後來名畫重歸羅浮，又是令人歡騰的新聞，蒙娜麗莎據說就是喬康達夫人，達文西之所以畫她，是由於她美貌動人，當初達文西在作畫時安排樂師奏出優美的樂聲，引出她唇邊浮現高貴典雅的笑容，看了〈蒙娜麗莎的微笑〉不只令人讚賞人間絕色，更爲達文西藝術造境讚嘆，畫壇巨擘捕捉那抹謎一般的笑，創造出永恒的藝術。而西班牙戈雅大師的〈瑪哈〉又是另一個謎題，〈瑪哈〉的價值是不能以西班牙貨幣「披沙塔」來計算的，〈瑪哈〉已列入千秋，戈雅和畫中女主人阿爾巴公爵夫人那段情也一再爲世人傳頌。

戈雅的才華不只限於畫出〈瑪哈〉的激情，他更將大千世界縮進他精緻的畫幅中，農村市集、窮人、病傷的瓦工、挑水的姑娘、醉漢、鬥牛士、民俗婚儀、風雪的原野，舉凡生活中歡樂與憂傷都可以入畫；他既有洛可可畫派華麗的風尚，同時也是那麼平民化，當他畫出拿破崙的元帥繆瑞特佔領馬德里，西班牙人民爲正義赴死的哀歌，內心沸騰也是熱血般的愛國情操。

早年，西班牙曾經長期在摩爾人的征服統治下，但不忘復國大計，當一〇八三年阿方索三世自摩爾人手中奪回首都馬德里，摩爾人已佔領馬德里長達三百餘年。在異族統治下，西班牙對戰爭的感受是深入肺腑的，戈雅的〈起義〉與〈處決〉兩幅油畫畫出捍衞家國志士的英勇，也揭露了侵略者的殘酷和血腥，而被稱爲世紀天才的畢卡索〈加尼卡〉一畫，西班牙人喻爲「最後流亡者」，因〈加尼卡〉流落他鄉四十四年，到一九八一年九月才回到西班牙國土。畢卡索祖籍西班牙，因長居法國，一般人以爲他是法國人，但他始終沒放棄西班牙國籍，他畫〈加尼卡〉已是超越新古典主義立體派而進入超自然主義。〈加尼卡〉是歐洲巴斯克最老的城市，毀於戰爭中，畢卡索以〈加尼卡〉表達他內心對西班牙人飽受戰火之痛的同情。

夜宿「磨房」小客棧，客棧主人是一對西班牙老夫婦，因是生意清淡的季節，這對老夫婦特別厚待我們，除了自己的臥房，還擁有一間面對一片水簾的沙龍，三面全是落地玻璃窗，山痕、溪澗，與人工瀑布形成的水簾是一絕景。這對老夫婦種菜、磨麥粉、養蜂、養家禽……對食物特別愛惜，當我們邀請他們共進晚餐，對一桌乾糧，也視同珍饈。古印度《泰蒂利耶歐義書》將食物列入神聖，因生物賴食爲生、爲養，當尊食物如「梵天」，在這對老夫婦身上見到了我們祖父母輩那種仁人愛物的美德。

西班牙的精華也不盡在馬德里的卡斯蒂亞大街，夏宮、玻爾都皇宮、托萊多橋畔、哥倫布紀念碑、東方廣場，或本塔斯鬥牛場……自庇里牛斯山法國邊界到西班牙，有些小山城只有幾戶人家，佳木美樹，樹上生長一種特別爲耶誕節宴席上的珍果，鄉間屋宇或聳立崖壁間，或面臨迴瀾曲水，終日面對嶙峋山景、澄碧清流，看盡了大自然的奇瑰幽冥。

馬德里塞萬提斯的紀念碑，塞萬提斯穿戴十六世紀的服飾，長長的披風掩蓋他的斷臂，手持《唐吉訶德》一書，在他身旁的是《唐吉訶德》一書中的人物：騎駑馬的唐吉訶德、騎毛驢的桑科、杜西尼亞、阿冬薩……爲什麼全世界都爲《唐吉訶德》著迷，塞萬提斯描寫了那麼一位醉心中世紀高貴、優雅、忠誠的傳統騎士人物，以現代心理學來分析，他精神狀況必然是分裂的，將風車當巨人，客棧當城堡，羊群當大軍，丑角型的桑科當忠僕，走在那麼狹隘古板的人生窄徑上，卻認爲走出無限寬廣的世界……塞萬提斯塑造的不是典型的西班牙人物，而是世界性的，是人性中的癡狂，也是人性中的忠誠，他以喜劇的筆調創造出悲劇人物。

時光倒流一百年，唐吉訶德先生披上祖先的破盔甲，佩上生銹的長矛，騎上駑馬，與忠僕桑科開始一段狂想的騎士之旅……塞萬提斯這位在一五七一年參加西班牙戰役而斷臂的文學天才畢竟走出不朽之路，寫出「永恒」。

一九九三、八、十三《中央日報》副刊

我們仍然有一處「故鄉」

吟　秋

先是西風在我簷角盤桓，接著白晝姍姍其來遲，夜晚又常不請自來……

雁兒南歸，在空中留下沈邃的哀咽。

一片葉子落下來，滑過心弦，留下一聲嘆息、一種意象。

走進如燃燒火焰一般的秋日林中，也許，爲著去尋找一株華楓、一個褪色的夢……當所有色彩都燃燒殆盡的時候，大地就會像褪色的夢那麼蒼白，所以，乘華年還在，就讓我們珍惜這一瞬秋光。

秋也會像上弦月，無聲無息地沈落，但秋天也是一個渾圓、磨平的苔石，滿月的光瑩，有遍灑雲天之勢，颯如飛電，隱若白虹的秋水，還有橫越過千川萬嶺的歸雁……

秋給我們的啓示是深刻的，

它告訴我們必需經歷人生的爐火風箱，

才能在鐵砧上錘出火星點點……

寫給一隻水禽

愛倫坡曾經寫過一首詩稱爲 The Raven，在西方，烏鴉也是像東方古老的傳說，象徵神祕不可知，魔法一般的命運。

詩中的烏鴉是一種巨大的烏鴉，這首詩寫得很美，但氣氛十分恐怖，主題脫離不了命運與死亡……

我不喜歡亞倫・金斯堡〈嗥叫〉一詩，雖然這首詩捲起一股轟動的浪潮，我不否認世界有吸毒者、嬉皮士這類人存在，墮落的靈魂雖然也該分享世人的憐憫，但若說這類人是將他們靈魂投入煉獄通向天堂的路，就有點離譜了。

愛倫坡 The Raven 與金斯堡〈嗥叫〉的風格迥異，前者神祕、玄奇，文字韻律優美，後者是赤裸，二十世紀末的畸型，但在命運的立場同樣是絕望的。

夏日假期我住在法國康城近郊一家小旅館，後面有一片水草繁茂的湖，午後或黃昏，我們不再去看城堡與教堂，就在那片湖畔消磨時光。雖是夏月，湖畔樹蔭下卻是涼爽宜人的，湖畔棲息各類水禽，有一隻黑羽白冠的長腳水鳥就來分享我們的下午茶點。

這隻水禽勾起我聯翩臆想，讓我完全擺脫愛倫坡 The Raven 與金斯堡〈嗥叫〉詩中的氣氛。

我活著，仍然相信光明的一面，就如在這片水草蔓生的湖畔與一隻水禽共同分享下午茶點那樣的心境。

我們仍然有一處「故鄉」

史托姆（Theodor Storm）他的故鄉在「德丹戰爭」後割讓給丹麥，他就離開故鄉，遠居異地，直到一八六四年，故鄉又重回德國的懷抱。在離鄉的日子，他寫下〈你可記得？〉那首詩。

當我漫步在萊茵河畔的故鄉，夜晚落宿在這些城鄉的旅店裡，自窗口望向萊茵河，史托姆詩中的句子，就溶進萊茵河畔的夜色中：

你可記得，當春天的夜晚，

我們臨窗望向園中，
迎春，紫丁香的芬芳神祕地
飄散在夜色中。
我們頂上的星空是那麼遼遠，
而你又是那麼年輕……
歲月沈沈地流逝，
夜晚是多麼寧靜，
自海灘傳來眾鳥的鳴聲，
我們望過樹梢，
望向遙遠，依稀朦朧的村落，
雖然春光還是一樣，
我們已經不再有一處故鄉……

當夜裡不能成眠的時刻，世界上已沒有一個地方名爲「故鄉」讓異鄉人在四處飄零中偶寄自己無限的鄉愁，那是何等悲哀！

今晚，在夏夜星光月影中，在萊茵河畔，我為自己仍然有一處「故鄉」而懷著感恩的心情。

一九九一、十、五《新生報》副刊

親吻故鄉的泥土

愛情的藝術

當太空間穿越的光波剪成絕美的景象：是一片絢麗的黃昏落日，七寶樓臺就碎成令人目眩的千磚萬瓦。

就讓太空原子的撞擊和組合的科學神話流傳下來；那是秋天紫色的嵯峨連綿。

一隻彩色雉鳥飛翔在向日葵花田中，

薰衣草在陽光下凝聚成一波又一波的紫色浪花，將清朝雍正年間的水墨琺琅彩與薄胎精繪的藝術發揮到盡善盡美……

愛情也是一種藝術，人間激越的情透過心靈印染的手筆，呈現出繁豔而豐富的色調。

藝術疊印永恆，因而，這份精雕細琢的愛情就如用聖油點亮天國的燈盞，是永不熄滅的。

親吻故鄉的泥土

聽說你將回到「白狼河北秋偏早」的塞外，那是你的故鄉。

這些日子總是聽朋友談起返鄉的故事，有的來自金城石郭，那故鄉的大地或許生長鬆粟、石榴，或遍地瓜疇芋畦……有的來自山圖赤斧的仙鄉，那大地上是否生長一種椒類的香料稱為茱萸的，那樣的一片土地一定夏芬冬馥。

再也不要分「臺胞」或「大陸客」，當你回到那塊鄉土，不論是膏腴或貧瘠，不論是歡悅或愴痛，你都會熱烈擁抱這片鄉土。

在荷馬史詩中，在異鄉飄零的奧德賽一心要回到故鄉，他接受風神的禮物：一個風袋裝著所有的風，只留西風在外面，好將他安然送回故鄉。

故鄉的景物已非，年邁的父親和奴隸睡在莊園裡，衣衫破舊，孤苦地度著風燭殘年，

終於踏上故鄉的土地，

奧德賽跪地激動地吻著腳下的泥土，英雄的奧德賽在外飄流的日子又一次印證在二十世紀異國異鄉的中國人心上。

期待你自塞外歸來，不爲別的，只想聽聽胡天牧馬、月明羌笛，或大漠秋塞邊風飄颻的故事……

只想問你，是不是那些孤城戰馬的舊事，都寫在哀歌似的急湍中？

寂寞流星雨

一定是彗星在軌道上運轉，地球也在軌道上運轉，軌道上流星物質受到地心吸力的影響紛紛墜落，與大氣摩擦燃燒迸裂成絢麗的流星雨……

是那樣淒美的一個牛津古城暮春午後，我獨自依在學院的長廊上，暮春午後那種光芒就像一面分光鏡，將光分析成千百樣的五色繽紛，櫻樹的落花就在那面分光鏡中化成一場流星雨。

我感到自己也捲進這場流星雨中，心境像枕邊的輕風那麼柔，像秋天夢痕那麼迷離，每一寸流光都在一種難以言喻的絕美中燃燒。

珍惜那場想像中的寂寞流星雨，

因爲我對「美」有份近於悱惻的愛戀。

碎在水星手指間的美

蔡邕擅長彈琴，他與「焦尾琴」的一段典故也是家喻戶曉的，他也擅長「碑銘」之類的文字，我最愛的不是他的碑銘，而是他的〈述行賦〉，那是他到洛陽皇宮演奏的旅途中寫的……

當時東漢宦官當權，無數百姓在被迫勞役中凍餓而死，蔡邕走到「偃師」這個地方，就借病遠隱……

洛陽宮中不能再聽到他的琴聲，那琴音突然像水星般碎裂了……

昏黃日影殘，山閣皺雲漫，

垂暮天欲雪，江風透骨寒。

母親有一雙寫詩的手，這是她獨居在加拿大溫哥華所填的一首詩，她的詩集名爲《縑痕吟草》。她平生爲兒女操勞，卻不忘呵手拈筆，吹雪吟香……

母親與我已多年沒見面了，清晨、暮晚，我吟讀她的詩草，就覺得她的心跟我那麼相近，如果時光能倒流，我多麼希望能在螢光蛙聲的士林故居小樓窗前，再回味一次兒時與慈母相處的情境，再看一次她呵手拈筆，吹雪吟香。

留得「沈香」在

英國人對保留花香就有他們特別的祕方，譬如玫瑰花瓣在沒凋落前被採集製成「百花香」。

薰衣草更是一種天然的香精，藏在櫥子裡，或鋪在抽屜的底層，香氣歷久不褪，更絕的是將蘋果挖空塞滿丁香花，烤熟了擱在房裡聞香……

女兒離家獨自去上大自然課，拿著筆記，背著望遠鏡，提著採集標本的袋子到高山野地去聽嚶嚶嗚嗚，去記下斷垣殘壁間中世紀的史蹟……

母親節，女兒將一瓶裝滿了「沈香」的白瓷瓶送我，還寫下幾句話：「親愛的媽媽，願歷久不變的芬芳，長伴您寫作的生涯。」一剎時我淚眼迷濛了，女兒已經十四歲了，十四年中我的生命也在渺小、平凡而又無比豐厚中度過，時間也像一位赤足的托缽僧，我們將「有形」交在他手裡，他傳授我們「無形」的玄機。

當花瓣乾了碎了的時候，

香氣會愈來愈沈的……

一九九三、九、八《新生報》副刊

看戲

從拉非葉這家巴黎最大的商店頂樓餐廳窗口望出去，就是巴黎歌劇院的圓型屋宇，金碧輝煌，那不是深宮長苑，龍麝焚金鼎，瑤堦月色晃疏櫺，那是一座戲劇音樂的殿堂。

在巴黎歌劇院聽一場浮第的《阿伊達》，令人終生難忘。

而一年四季，莎士比亞故居阿房河上的史特拉福鎮不斷上演這位戲劇大師的不朽作品，去看莎翁名劇，就像入佛院僧房，聽擊磬敲鐘，已進入戲劇「禪」的高境。

英國人愛看戲，在歐戰期間，英國士兵還在法國戰場上建了一座戲院，戲院就建在戰壕後面，他們就在戰場上演出莎翁名劇《亨利五世》，當演員朗誦出：「親愛的同胞，我們又一次陷入溝鏬，就讓我們英格蘭人的生命把這道牆堵住……」士氣民心就大受鼓舞。

英國人將看戲當成大事，走進劇院就是不穿禮服也是衣冠端整，戲碼必是先經過仔細選擇，如果是一家人去看戲，家長還得先研究劇情，若有任何對青少年不良影響的情節，再好的戲碼，也可以割捨。

有一回和蘇珊一家去過蘇格蘭高原旅行，在旅行中就決定去看一場戲，大家穿著都很隨便，旅行時總是一件夾克搭上同色的長褲，蘇珊一家也是靑一色的牛仔褲裝，當我們步入劇院，觀眾都將眼光投向我們，那一雙雙目光就如一盞又一盞的探照燈，幸好我們都是戲迷，當劇情展開，全神投入劇中，也就忘了鄰座奇異的眼神。

倫敦最早的劇院——劇場（the theatre）是建於一五七六年，如泰晤士河南岸的「玫瑰」、「希望」、「天鵝」與「世界」這些以木材建築圓型劇場，戲臺沒有佈景、腳燈、幕，演員和觀眾距離近，而且三面都可以觀賞臺上的演出，因爲沒有「場」，場是象徵性的，謝幕就表示另一場的開始。一場戲結束了，在眾目睽睽中搬道具，劇中已死的人又站起來，走下戲臺，其滑稽現象令人噴飯！

早期的演員沒有坤角，由男童扮女角，如茱麗葉和克利奧佩屈拉都由男童扮演。亨利八世在位期間，這些童伶都是在皇宮中演出，到了第一家劇院成立後，這些被稱爲「少年鷹」（little eyases）的童伶，在演出莎翁悲劇《漢姆雷特》時贏來了如雷掌聲。

在莎士比亞尚未誕生，在倫敦最早的劇院——劇場剛建築完工，已有劇作家中的翹楚，如約翰・理里（John Lyly）就是先驅人物之一，爲莎翁立下里程碑，理里對古典神話瞭如指掌，經他妙手一觸，就會點字成金。想像那年代戲臺上，演出理里劇中愛神正和亞歷山大美豔妃子康柏斯琵玩紙牌，愛神以弓箭、母親的鴿子和一窩小麻雀爲賭注……

美豔永遠是位贏家。

於是愛神又輸掉了唇上的珊瑚、雙頰的玫瑰、眉毛上的水晶……

與莎士比亞同年出生的馬羅，也是位戲劇天才，他的劇不遵守古典悲劇的三一律，刻意雕琢的詩體文字承襲了拉丁悲劇家沙尼卡(Seneca)的文風，當愛德華二世身處囹圄，苦難的聲音就由無韻詩，呻吟出來：

十天，我站立在泥污水牢中，
絕不能酣然暈睡，
我敲打一隻皮鼓兒，
尊為帝王的待遇是麵包與水……

中國元曲中的散曲，包括小令和套數都是民歌和市民小唱演進而來的，雜劇就有賓白、歌曲、情節和動作，雜劇深受諸宮調說唱文學的影響，常以冗長的敍述來發展劇情，與描繪人物類型。

海東一片暈紅霞，
三島齊開爛熳花，
秀山紫芝延壽算，
逍遙自在樂仙家。

神仙生涯原是凡胎俗子所羨慕的，但元朝李好古的《沙門島張生煮海》雜劇，寫出是一段神仙思凡的宿願，疏剌剌的晚風，明朗朗的月容，刻意描寫是人間男女之情。

白仁甫的《梧桐雨》和馬致遠的《漢宮秋》都是元人雜劇中的貴族文學，《梧桐雨》正末唐明皇唱出：

斜嚲翠鸞翹，渾一似出俗的舊風標，映著雲屏一半兒嬌。好夢將成還驚覺，半襟情淚濕鮫綃。

就將這段宮廷中的愛情悲劇吟成了千古。

阿房河上史特拉福鎮莎翁的好戲正待開場，蘇珊與我約好去看戲，這回中規中矩，蘇珊與我都穿戴最適中的服飾，蘇珊美麗的容顏，修長優雅的身段，與那一身黑色鑲亮片的晚禮服，令人驚豔！當我們自牛津開車出發，自以爲這回一定沒有波折，能泰然自若去欣賞莎翁名劇，沒想到一路停車吃午餐，或去喝杯咖啡，都引來人們注目的眼光，有位男士還幽默地問我們，是否能被邀參加我們的晚宴，令人啼笑皆非！

莎士比亞是永恆的謎題，以數十寒暑的歲月，能飽讀古代與當代知識寶庫，字彙與用典的廣泛、精深、雋永、美妙，舉世難有其匹，在一五八六年與一五九二年之間，身兼演員與劇作家，筆下構成一個無比豐富的文學世界。

當我們爲《羅蜜歐與茱麗葉》菱花鏡裡的純情而傾倒，《冬天的故事》和《暴風雨》又帶引我們進入寧靜、知足的境界，當《暴風雨》主角普魯斯比羅褪去魔衣，只想做一個普通人，莎翁也擱下如椽巨筆，回到家鄉史特拉福鎮不再寫劇本，但他的四大悲劇已夠令人蕩氣迴腸，《漢姆雷特》、《奧塞羅》、《馬克佩斯》、《李耳王》都是歷來研究莎翁的學者專家最感興趣的題材，莎翁悲劇是屬於古典的，但人物錯綜複雜的個性，人性的至尊與卑微，心理分析與潛意識的描寫，這些都是很現代的。

莎士比亞悲劇雷霆萬鈞的感人力量與給人超越與移情的美是無可言喻的，陶醉在劇中，或執起利戟，化身凱撒大帝，生和死都像位英雄。或挑起命運箭矢，化身漢姆雷特，苦苦思索生存或毀滅的問題。或像李耳王，錦袍袞服，或衣衫襤褸，在無常的人間去尋找眞情……觀賞莎翁悲劇就如聽薤露哭田橫，與三疊陽關令。

一九九三、四、三十《中央日報》副刊

旅情

梵谷的故鄉

春寒緊緊鎖住一溜籠上煙霧的花痕，但鎖不住花間眉語兜歡，腮邊添笑的春意。

如幻似夢見到珠箔般的光燦——繁花的豔色。

沒見到「鳶尾花」，所有的鳶尾花都幻成梵谷畫中永恆驚鴻影了。

我們來到這位印象大師的故鄉——瓦詩河上的歐悲小城，只聽得呼嘯的風，哭著那長長沒有回轉的低調……

他來到人間，留下不朽的藝術創作，又匆匆告別世間。

我想起愛彌麗・布朗特 (Emily Bronte) 一句話：「若有堅忍的毅力和勇氣，我的靈魂就不桎梏於生死。」誰又能說梵谷缺乏毅力和勇氣呢？但「死」畢竟成了永不能解的謎。

一定要選擇死嗎？像陶淵明筆下的五柳先生，四壁蕭條，寒舍不遮風雨陽光，穿的是結滿補綻的短褐，用來盛飯喝水的簞瓢也常是空的，依然能清靜恬淡地活下去。而歡笙洛浦，高歌延瀨，超越物表倒也不一定要效顏闔遁世，南郭遠隱。

這座巴黎郊外的小城縱然碉戶摧塌，石徑荒涼，再也不會有一位可以等待的「歸人」了。

我們經過那一片片麥田，想像就是他畫〈麥田鴉陣〉的場景，參觀他畫中「教堂」的實景，站在教堂庭前院，遠眺他故鄉的村落小河……

就在教堂的墓園裡，發現那塊墓石，寫著價值連城、震撼世人的名字——梵谷。

雖經歷一個又一個屬於梵谷的輝煌年代，法國人並無意修飾他的墓，依然是那麼簡單樸素，墓上爬著青青葛藤，他手足情深的弟弟就葬在他的比鄰。

我佇立墓前久久不忍離去，那小土丘似的墓，多麼像小雀、小雞、小犬的墓，當小動物死了，人就拿把鋤頭挖個土穴，草草將牠埋了，然後用腳重重在土穴上踏幾下就算了事。不，這一丘黃土掩埋的是人間的傲骨——梵谷，堆鑄他名字的金字塔不是沙和石頭，是黃金。

萊茵河畔的晚鐘

在德國萊茵河畔，我嘗落腳在一座教堂鐘樓下的小旅館，那駁落、老舊的鐘樓，每逢敲鐘就受到震晃，這時棲息在鐘樓頂上的鴿群也受驚，撲翅一聲飛起……

鐘聲迴響在歐洲長長的黃昏裡，形成「鐘之詩」(A Verse of Bells)，而且似乎都長了雙翼，在黃昏的時間與空間裡飛翔……

鐘，讓我想起葉慈〈蘆葦中的風〉。葉慈生活於史黎戈山脈與靜湖之間，對愛爾蘭神話發生濃厚的興趣，在愛爾蘭的神話傳說中找到象徵語言，來充實他語言的寶庫。晚年，他的詩進入永恆的藝術境界，帶著悲劇滌洗過的喜悅，對緣起、緣滅有了另一層次的看法。

米勒的畫〈晚鐘〉也在旅次中爲我展現莊嚴肅穆的氛圍，他喜愛黃昏的散步，在空曠午暗猶明的黃昏野地上，遠處傳來教堂的鐘聲，農人夫婦默默獻上晚禱……

鐘聲再度響起，就如梅瑞兒筆下所說的：一群鐘聲隨著時間的鐘點飛逝，那一刻，我想起你說的「禪靜」，原來塵封梵靜中驀然一聲幽磬，擊碎的也是人間令人黯然的情……

故鄉的花

在北威爾斯旅次中，最後一次母親來英國伯肯赫德探望我們。一九八三年，春正揭開大地的簾幕，將萬紫千紅鋪成一地錦繡，幾筆水墨畫出北威爾斯的蒼蒼山痕，春江細雨撒下一片影朦朧，飛散的禽鳥，霎時已各南北西東……

也是旅次，也是與慈母同行，火車奔馳，漸漸離開市區，田疇、農舍、樹木、山丘也一再向後倒退，火車在夜的嘉南平原奔馳，天上綴滿了星星，那星星在我異鄉回憶中就化成了黑暗海上點點銀色的鷗……

鄉土時時向我揮手呼喚。

一九八四年我回到臺北，在南臺灣旅次中，我走入一片熱帶雨林，那奇譎美景是我在北國大地上見不到的，那開滿華豔麗采的花林，當地人稱爲「鬼花」，它只在夜間綻放，白晝只能見到苞蕾與滿地落花……

我們就踏在這一片花的香塚上，滿地的短碑三尺，滿地豔名的香塚……

決定在夜間去赴一次「花約」。擎著手電筒，在月光下看到那經過夜間雨露淋過的芳塵，竟是一地粉衣蝶影，而滿樹的鬼花全是《聊齋》裡的「誌異」，美得詭祕。

當我牛津印度同學來信娓娓細訴她故鄉的花，我想我也會回她一封信，說起一九八四年那次「花約」的故事……

一九九二、十一、二二《中時晚報》副刊

兩顆彗星

——談歌德以前的德國詩人

璞　玉

在中世紀的波斯已是詩歌的黃金時代，當時一位盲詩人洛達基（Rudagi），不但能寫出優美的詩句，而且能歌善琴，他常在君王面前和琴而歌。早年的德國詩歌也是限於宮廷戀歌（Mennesang）的創作。

十三世紀德國詩人佛格偉德（Walther von der Vogelioeide）被稱爲德國中世紀詩史上第一位傑出的詩人，他的詩含有濃厚的格言與政治色彩，但寫得最好的還是他的抒情詩，如〈望春曲〉、〈菩提樹下〉。〈望春曲〉是描寫在嚴冬灰黯凋零中期盼春天的心境，〈菩提樹下〉則是一首純樸的戀歌。

中世紀的詩歌是德國詩歌的啓蒙時代，德國詩歌還是一顆未曾經過雕琢的璞玉，在歌德以前有幾位傑出的詩人如沙克斯（Hans Sacks），是歌德早年特別推崇的一位詩人，據說他是位鞋匠，而創作十分豐富，他有一首歌頌五月與愛情的詩名爲「瑪歌達麗娜」，與歌德寫的〈五月之歌〉實有異曲同工之妙。外如達赫（Simon Dach）爲同窗友人所寫的〈塔勞的安馨〉，已成爲德國膾炙人口的民歌，這是一首愛的誓言，詩人自擬第一人稱，他對塔勞這地方一位名「安馨」的姑娘一往情深，且不因疾病、苦難、厄運而改變初衷，反而更顯出愛的偉大與堅定，最後詩人又重中愛的誓言：

縱然有朝一日，
你將離我遠去，
去到那終年不見陽光的地方，
我一定追隨著你。
穿越過大海，
穿越過森林，
穿越過冰霜、牢獄與

敵人的大軍……

集劇作家、學者、詩人於一身的格里菲鄂斯(Andreas Gryphius)是十七世紀最傑出的詩人，他〈哀祖國〉一詩是以三十年戰爭爲背景，那是他祖國滿目瘡夷的大地，經過戰爭的血洗，遍地是兵荒馬亂，遍地是瘟疫與死亡，遍地是廢墟與灰燼……克勞第動斯（Malthias Claudius）攻讀神學，詩中有虔敬的宗教信仰，且清麗優雅，充滿了民歌的風味。他描寫星星的小詩，讀起來像首童謠：

夜空裡的一顆小星星，
一顆善良的小星星。
它的光芒十分逗人愛憐，
逗人愛憐而且多情。
我知道它昇起的方向，
就在夜晚走到門外，
去找尋它的清影。

於是我佇立良久，
默然對著這顆小星星，
我是那麼快樂，
並為此獻上感謝。
如今這顆小星星已悠然長逝，
我踯躅，我徘徊……
在它往日出現的地方，
再也找不到它的影踪。

德國一般百姓還是極爲崇尚和平，那些描寫戰爭的詩篇也多數含有反戰的思想。「一將功成萬骨枯」這類強權的思想也只存在於少數野心家之中，而不屬於廣大的德國百姓。十八世紀民歌有兩首「史特勞斯堡」的詩，都是描寫戰爭的悲慘，如赫爾德（Johann Gollfrea Herder）詩中的一句名言就這麼說：「假如人類走上戰場攻擊人類，這是一種低劣的英雄氣概。」

赫爾德對歌德的影響最深，也是他將莎士比亞的文學精神傳授給歌德。他是位牧師，也是位教師，一七七〇年因眼疾到史特勞斯堡就醫而結識歌德。他本人是位人道先驅的理論家，特別歌頌人道主義者，比喻其爲高貴的英雄，是爲人類而戰鬪。他後來與歌德因個性不同而分道揚鑣，但一直到死，歌德對他永存著懷念與感激。

赫爾德最有名的詩是〈魔王的女兒〉，是根據一段古代神話寫成的，後來歌德寫〈魔王〉一詩也深受此詩的影響。詩中以依閭望子歸的慈母與兒子之間的對白文體，寫來哀感動人。故事是寫一位青年（詩中的兒子一角）騎馬到遠處鄉村去邀請親友來參加他的婚禮，不幸走過魔王的國度，魔王女兒邀他共舞，青年拒絕了，就遭魔王女兒擊中胸部而死，詩中魔王女兒已是人格化了，具有人性中的嫉妬、仇恨……在此要特別提到的是德國的詩歌很擅長這類的體裁，他們先描寫一段古代的神話故事，而將生與死、愛與死這種濃烈的情感滲入詩中。愛情的神聖、生的尊嚴、死亡的不可捉摸……不斷在他們詩句中重複出現，莎士比亞在其作品中也一再隱約地說到生與死如影隨形，莎翁對死亡的解釋是比較超然、比較悲壯，而德國詩歌對死亡的解釋是籠罩著宿命論的悲哀。

兩顆彗星

——談歌德與席勒的詩

一七四九年法蘭克福出生了一位被稱爲最偉大的德國人——他就是《浮士德》與《少年維特之煩惱》的作者——歌德（Johann Wolfgang Goethe）。歌德是位全才的文學家，他擅長於各類文體的創作，而他的詩燃燒生命的熱情，又承襲了民歌純樸的風格，他的詩優美、雋永、睿智而又相當感人。文學家如果缺乏豐富的感情是不容易寫出感人的作品，莎士比亞戲劇有著澎湃感人的力量，歌德的詩亦然，他們都是點燃生命火焰，照亮世間的人物。在他們作品中悲傷與歡樂都是強烈的，歌德有許多詩都爲貝多芬、孟德爾松、舒伯特等偉大音樂家譜成名曲，這些曲子也永垂千古，一代一代傳唱下去。

〈湖上〉是歌德遊蘇黎世湖所寫的，〈月光曲〉也是一首抒情詩。歌德一枝彩筆不但描寫了自然山川之美，也溶入生命的歡愉，現各列舉如下：

波光在湖上閃爍，
搖碎了星星千萬。
聳峙的遠山環繞四周，
輕霧將它籠罩。
清晨的微風吹搖著，

港岸的綠蔭。
掩映在湖光中，
是成熟的果粒。

——〈湖上〉

悄悄地，你瀉下幽光一片，
森林與谷地遍佈你的光影。
在你柔和秋波輕轉中，
我再度將煩憂兜盡。
你光輝照著我的園林，
如知交憐憫的眼神，
關懷我生命的遭遇。
哀與樂的餘音嫋嫋不去，
在我心中留下印記。
今夕我獨自徘徊，

在悲傷與歡樂之中……

——〈月光曲〉

歌德許多擬古希臘詩體的仿古詩都有著驚人之筆，他形容愛神是以兩種沙漏計時，快的沙漏是給相聚在一起的戀人計時，慢的沙漏則是給分離兩地的戀人計時。他形容農夫犁溝的土輕輕掩蓋金色的種子，而智慧與誠實是開啓地下寶庫的兩把鑰匙。他說瑞士山頂一夜間堆起白雪，而聯想生命將青春與老年撮合得這麼近。他爲希臘詩人安那克雷翁寫的墓文風趣而雋永；他寫這位古希臘詩人安眠在繁花藤蔓纏生的墓地，有鳥聲、蟲鳴相伴，他已享盡幸福的天年，往後就讓這座美麗的墓園伴他度過嚴冬……

在貝多芬《第九交響曲》中有一首〈快樂頌〉，它激昂、歡愉，是人類的頌歌，這首歌的詞作者就是——席勒（Johann Christoph Friedrich Schiller），他是德國最偉大的戲劇家與詩人。他早年學醫，後來潛心於哲史研究，他的歷史劇如《卡羅斯王子》、寫有關蘇格蘭女王故事的《瑪麗史圖特》，以及寫瑞士反抗奧國統治的英雄《威廉退爾》等劇作，均在德國劇壇上享有極高的聲譽。他的敍事詩與史詩多數取材於希臘神話與中古歷史軼事。

席勒的〈伊俾科斯之鶴〉長詩，寫古希臘詩人——伊俾科斯（Ibykos）去參加競技大賽而被強徒殺害的一段故事。伊俾科斯一路穿過松林，四野寂靜，只有一群飛往南方的鶴群件他同行，當他在森林中遭到強徒襲擊，臨死之前要求空中飛鶴爲他作證。這首詩寫來很有希臘悲劇那種懾人心魄的氣氛，德國詩人擅長在詩中寫生與死的故事，又刻意安排一種驚心動魄的場面，席勒並不是第一人。如畢爾格（Gotlfried August Burger）的〈萊諾雷〉一詩不止名聞德國，且被譯成各國譯文。有一回我去德國旅遊，夜間沿萊茵河畔各鄉城駕車回法國，面對車窗外荒僻、寂靜、四野無人的景象，一刹時德國詩中神話傳奇全來到眼前。德國詩人經常描寫風聲、鶴唳、冷月、詩魂……又將命運悲劇這類素材表現在詩篇中，是否多少也受地域的影響？讀這一類的詩似乎是在特別講求氣氛的舞臺上觀賞一齣詩劇。〈萊諾雷〉從盼望騎士威廉歸來到揭穿命運的悲劇——威廉的死，就如希臘悲劇《奧迪佩斯王》（艾斯奇勒斯的劇作），不斷掀開命運可悲的謎題一般。

席勒的〈伊俾科斯之鶴〉的神來之筆就是「鶴」。從伊俾科斯孤獨走上旅程，只有灰白色的鶴群與他同行，去追尋南方的溫暖，伊俾科斯形容牠們是吉祥之兆，他與牠們是一樣的命運，只求異鄉有一落腳之地。他臨終之前聽到飛鶴展翼之聲，與悲涼的鶴唳，他哀求鶴群爲他鳴寃。後來他的遺體被發現已是容顏難辨，只有他生前一位朋友認出來，這位朋友悲傷地說：「我曾希望給你戴上桂冠，來顯耀你詩人的殊榮，竟沒想到是在這種情況下見到你……」最後是劇場上空飛來一群灰鶴，此時天昏地黑，在人群中的兇手突然失聲喊出：「伊俾科斯之鶴來了！」伊俾科斯之死因而得以雪冤，情節與我國元朝雜劇《竇娥冤》有異曲同工之妙，爲竇娥伸雪冤死是楚州大旱三年，竇娥的血飛上白練，六月下雪，三年不雨……尤其是飛霜六月、三尺瑞雪就與「鶴」一般，終結全詩，因果相報，席勒寫來氣勢非凡，震懾人心。

席勒並沒有像歌德一樣度過春秋高壽，他死時只有四十六歲，在生命的最後幾年病痛纏身，但他依舊持續他的創作，他是位理想主義者，對生命充滿熱望與信心，在〈憧憬〉一詩就表明他這種人生態度，他說：

上蒼不能許下諾言，
給我們任何保證，
只有一件「奇蹟」
引導我們走向桃源……

席勒所謂奇蹟，就是人生要有衝破眼前困境的勇氣，要有創造理想的毅力。可是在高度理想之後是否也有黯然與絕望，這個答案必然是肯定的，但詩人卻有自己的一套解釋：

你不得不逃避生命的苦難，
遁隱於心中寧靜的聖地……

席勒潛心哲史，讚揚孔子的哲學，曾以「孔夫子箴言」爲題，寫詩引證孔子學說。歌德、席勒與另一位德國偉大的戲劇家拉辛，他們的才華與努力，將德國文學引入空前未有的巔峰時代，他們的作品千錘百鍊，成爲世界性的經典之著。

一九八九、六、十五《新生報》副刊

一顆黃昏星

能觀天象的人一定知道，有一顆星稱爲「金星」，日出之前會出現在東方，稱爲「黎明星」，日落以後，又會在西方昇起，稱爲「黃昏星」。十九世紀美國詩人朗佛羅（H. W. Longfellow）嘗以這樣的題材寫了一首動人的詩篇，他將這顆黃昏星形容爲「愛情之星」（卽「太白星」）。

太白星是詩人心中一種美的形象，這位淑女在黃昏時刻會卸去她的盛裝，憩息在森林那面黑色的屛風後面；她出現的時間相當短暫，當月兒升起，她就悄然退隱。

愛情就是這樣一顆黃昏星，
它發生在東方，也發生在西方，
來的時間相當短暫，

然後就遁入「永恆」之中……

伊麗莎白一世與萊斯特伯爵

一五四一年，伊麗莎白這位名赫一世的女王還只是個八歲的小女孩，她全身發腫，瘦弱不堪。那時，英國到處是絞架，那年剛好是伊麗莎白的母親被處死刑的五年之後，另一位親戚凱瑟琳也走上相同的命運！

「人人以爲這位小女孩必死無疑，但自小她就有金蟬脫殼的機智，她終於免於慘死在刀斧之下……」

當她逐漸成長爲一位年輕的公主，卻也沒能逃過厄運，她被關進倫敦塔，這時候年輕的萊斯特伯爵也被關進倫敦塔；他是位黝黑的美男子，與年輕公主在倫敦塔死亡陰影的籠罩下，結下患難知交的情誼。

當她被釋放之後，也是新教徒遭到殘酷殺害之時，殉難的教士都死得很慘，火刑的濃煙瀰漫著每一個角落。她同父異母的姐姐瑪麗女王要將她下嫁給一位公爵，但這位年輕公主又再度運用她金蟬脫殼的機智給婉拒了。顯然的，有位年輕男子美好的形象已經深藏在她心底。

血腥的瑪麗女王終於死了，伊麗莎白登上王位，成爲威赫一代的大英帝國女王；那年她二十五歲，她穿著紫紅色天鵝絨長袍，披著貂皮披肩，一雙明亮黃褐色的大眼睛，白皙而又容光煥發的臉，她身材優雅動人，是位非常美麗的女王……

她對萊斯特伯爵伸出纖纖細手，他立刻躬身握住並吻了一下，君臣之禮！

這時，他們互相深深地一望，地老天荒，倫敦塔裡一對患難知交。

「我只有一種想見到您的願望，無法擱下的願望。」萊斯特對尊貴的年輕女王說。

伊麗莎白一世愛音樂，也擅長舞蹈，與她婆娑共舞的就是這位年輕的萊斯特伯爵。在另一方面，她雄才大略，有超人的智慧、超人的魄力，她深受百姓愛戴，隨時都在吸收經驗與教訓，她高深莫測，在她的百姓之前，是位尊嚴而又仁慈的女王。

有一度宮廷中傳出她會與萊斯特伯爵結婚。後來也證實了這一切原是空中樓閣。

她在深宮長苑中消磨了年華，一生未嫁。

她身上戴著一個金十字架，鑲著五個綠寶石和珍珠，她輕輕吻著這個十字架，溫柔地對宮中仕女說：「我特別喜愛這件禮物，只因爲它是我最鍾愛的人送的……」

「那個她最鍾愛的人，就是萊斯特伯爵。」

歲月如流，萊斯特伯爵與伊麗莎白一世都已垂垂老去，錦衣華服仍然無法掩蓋衰老的容顏，但有某種東西並不隨著時光老去；她從鏡中看到不是一位老婦人——她自己，站在她面前也不是又胖又老的萊斯特伯爵。他們依然是倫敦塔中的患難知交，依舊是宮廷中彬彬美少年與年輕麗質天生的女王。

但當萊斯特的死訊傳進宮中，伊麗莎白悲痛至極，她關上房門，不吃不喝也不見客；她終於看到鏡中自己的容顏，驀然一驚，她是老了！她生命的光輝也隨著萊斯特的死而熄滅了……但身爲女王，她還要爲她的百姓活著，像以往一樣堅強。

深宮長苑，原就是一具寂寞的空殼。

但丁與貝德麗采

繁花之城——佛羅倫斯五月的一個節日，九歲的男孩但丁遇見一位美麗的小女孩貝德麗采。

九年後他又再見到貝德麗采，那時貝德麗采已經結婚。她是位薄命紅顏，二十五歲就香消玉殞，但丁為她黯然神傷……

在一座大教堂門口，有那些勞苦背負重擔的人，就來到這座大教堂門前，在暑天塵沙散漫的日子，他們在這兒憩息，手沾著聖水，虔誠地走進教堂，在胸前畫著十字架……有一個人一定也在他們當中，就是詩人朗佛羅，這時教堂就將塵囂與飛揚的塵沙都隔絕了，憂傷散盡，等候他的是永恆，是萬古千秋……

這時朗佛羅在長廊陰暗的一角，他彷彿見到他所要寫的人物——但丁；但丁走過的煉獄，那些亡魂都閃在一旁讓路，在他晚年定居的里汶那松林，燭光熠熠，黑夜永遠不會降臨……朗佛羅終於莊嚴地談到但丁為之黯然神傷的貝德麗采。

她，白紗垂面，披著火一般的紅袍；
她，站在你面前，
是她，曾經在那逝去悠悠的歲月，在你年輕的胸臆間盛滿了激情與哀痛，
也是她，才有你的詩，和你的榮譽……

在異鄉被放逐的歲月，旅途上的薤露與寒霜，鄉愁、坎坷、流亡……面對這一切，但丁

並不遁避，他不斷寫他的《神曲》，因爲他的貝德麗采就活在《神曲》中，她引導他遊天堂，啓迪他的美德與智慧。

貝德麗采手持花束，麗質天生地站在佛羅倫斯的街上，但丁走過來，驚鴻一瞥地望著她，等候他的，是永恆，是萬古千秋……

羅曼羅蘭與瑪爾薇德

在東方的沙漠裡，
我多麼寂寞。

這是拉辛的一句詩，偉大的羅曼羅蘭也曾活在東方的沙漠裡，也曾是那麼寂寞，他活在一群不了解他的期望與信仰的人之中，他們以嘲諷的眼光來批評他努力的過程，但有一個人是例外的，那就是歌德後裔瑪爾薇德・封・梅新蓓男爵夫人。

羅曼羅蘭在一篇文章中說：「在所有深愛我的友人當中，我想回憶的就是一個人，她曾是我年輕時代心靈上最忠實的友伴，我的第二位母親，北國一位純潔理想主義者，目光明亮的瑪爾薇德・封・梅新蓓……」

「感情」在羅曼羅蘭與這位歌德後裔之間應該另有解釋，那是純潔、神聖知己一般的情感，正如羅曼羅蘭所說的「我們被整整半個世紀的時光隔離了，但另一種程度不同的深情步入我們之間，就如一夜之間在田野盛放的絢麗花籬……」

纖弱、恬靜、喜愛穿黑色衣服的瑪爾薇德出入於鍍金的世界——那滿座顯貴與藝文界人士的沙龍，在羅曼羅蘭眼中依然是一顆黃昏星。那種感情最多是交換一個微笑，一刹那心靈上的知遇，寫一封討論藝術音樂的信，這種感情卻超越了時間與空間、生與死……

這位高貴的男爵夫人並不富有，她甚至買不起鋼琴，只有去租鋼琴來讓善琴的羅曼羅蘭爲她彈奏一曲，巴哈、莫扎特、貝多芬……拉斐爾、達芬奇……音樂與藝術將他們的心拉得很近。

「我們不會分離，在巴黎，在羅馬，我都在你身旁……不論你我在哪兒，我們常在一起，你是我的一部分，最好的一部分……」瑪爾薇德死去之後，羅曼羅蘭說。

整整半個世紀的時光沒有隔開了瑪爾薇德與羅曼羅蘭，一種超越生命的深情，就如田野間的絢麗花籬。

〈華山畿〉與〈子夜歌〉

松上蘿，
願君如行雲，
時時見經過。

在《古今樂錄》裡面有一段華豔、淒絕的故事，那原是宋朝的一曲「變曲」，那是一段生死之情，南徐有一位士子，在華山畿往雲陽的旅途中，見到一位華年的女子，一往情深，心疾而死後留下遺言，希望他的柩車能經過華山畿；當柩車來到華山畿這位女子門前，她爲他的深情所感動，就歌曰：

華山畿，
君說為儂死，
獨活為誰施？

歡若見憐時，

棺木為儂開。

她的歌聲感動天地，聲應棺開，她毅然步入棺中，鄉人將他們合葬，稱爲「神女塚」。

這樣的故事多數是後人臆造出來的，這樣的故事也不足令人採信。

感情本來可以超越生死，又爲什麼一定要爲情而死？但「生死之情」是中國戲曲裡很特別的典型，這就是爲什麼中國人的愛情那麼華豔而又淒絕。

但就文學觀點來說，晉朝、宋朝之間留下許多「吳聲歌曲」，那都是民間眞摯純樸的戀歌，也都是來自南方那些膾炙人口的歌曲，作者雖多數失傳，而詞采動人，譬如〈子夜歌〉、〈子夜四時歌〉、〈懊儂歌〉、〈讀曲歌〉都是來自華豔淒絕的「吳聲」。

像〈華山畿〉這類的感情是一種絕望的感情，而〈子夜歌〉，根據《唐書・樂志》上所誌是爲晉曲，作者是晉朝一位名叫子夜的女子所寫的，《唐書・樂志》說：「晉有女子，名子夜，造此聲，聲過哀苦。」當我們讀到〈子夜歌〉裡：

今日已歡別，

合會在何時？
明燈照空局，
悠然未有期。

那種梅花已經落盡，柳花也隨風而散；那種絕望不可期待的感情，又何止是「聲過哀苦」？

孔雀東南飛

班固詠史如「三王德彌薄……」就用了五言詩，在東漢初期一種完美的風格不同的五言詩，漸漸取代了《楚辭》的詩體與四言詩，而登上詩的王國，如〈陌上桑〉、〈孔雀東南飛〉都是五言詩體。

〈孔雀東南飛〉是一首最長的長詩，也是首敍事最完整的長詩，寫的是建安時代仲卿與蘭芝夫婦之間的悲劇。我十幾歲讀這首詩時就深受感動，擔任光啓社節目部編審與臺視基本編劇時，當年我二十三歲，曾將這首長詩寫成電視劇，在臺視演出；演出效果並不如我所期望那麼高，詩的氣氛無法在電視劇中表現出來，「詩」與「劇」畢竟不同，但我仍然很感動。回憶這段往事，仍然感到有如嘯風長吟，一襲悲感掠過心頭。在東漢建安年間〈孔雀東南飛〉寫出中國夫婦的堅貞之情，也勇敢地諷刺不合理教條的束縛。

這齣悲劇發生在一個平凡的家庭，一對平凡的夫妻身上，如果不是「逼迫有阿母」。這對夫妻本來也可以度過他們平靜如水的人生，但因介入不合理教條的約束，就演成一齣淒慘的結局，雙雙殉情而死；這裡的殉情已不是單純爲情而死，而含有極強烈反抗的意識。

心知長別離，
徘徊庭樹下，
自掛東南枝……

詩句極白，感情卻極悲，這裡又寫出另一齣中國人的生死之情。

一九九〇、四、二五／二六《世界日報》副刊

愛情，古老東方的魔法

——莒哈絲以《情人》寫出最初的夢痕

我十五歲半，
世上除了一個單調炙熱的
季節，在那個地方是沒有
季節的，
我們處在地球上長長的熱季，
當我十五歲半，
在湄公河的渡船上，
那是難忘的一幕；

那是一條通向所有航程的路。

沒有春季，

沒有季節的轉換。

——譯自《情人》（*L' Amant*）

●

在莒哈絲（Marguerite Duras）的作品裡，情感就是小說的主題，說不上是鴛鴦蝴蝶派的男女之情，她小說中的愛情是激情＋幻影＋美，以中國的辭彙來表達就是「鏡花水月」，只有死亡與分離才能保留愛情絕對的美。在她那些近於意識流，像詩句一般優美的行文中，我們讀到莫泊森在秋日狩獵季節娓娓道出一段浪漫傳奇……是傑克馬都（Jacques Madaule）筆下少男傑克與少女法朗絲在園中串演一齣古羅馬拜占庭帝國時代褪了色的史劇……是蔡邕寫了〈述行賦〉後遠隱他鄉，他的琴聲在洛陽宮中就成了絕唱。那樣碎裂的心境，也是羅可可畫派畫家渥都（Watteau）那段美的航程——走向希婕島的航程……

在一九三〇年代的西貢，一位貧窮的法國女孩遇到中國富豪家族的大少，他們相愛，將自己鎖進一個屬於他們私人激情的世界，倔強的和當時社會習俗挑戰。這部百頁小書給莒哈絲贏來了殊榮，獲得法國龔古爾獎。龔古爾兄弟——愛德蒙與朱利 (Edmond et Jules de Goncourt) 是自然主義的啓蒙大師，二人合作寫書，取材於下層社會的人物。朱利英年早逝，愛德蒙則死於一八九六年，他立下遺囑，設立龔古爾學院 (Academie Goncourt)，這就是龔古爾獎的淵源。

一般龔古爾獎獲獎的對象都是寫實主義或自然主義的作家，篇幅較長，年齡在中年左右，這是龔古爾獎一般評選的幅度，莒哈絲以花甲之年，篇幅不長的《情人》又不是寫實與自然主義風格的作品獲獎，原出乎人的意料。

《情人》除了獲獎，譯成各國文字，列入世界暢銷名著，馳名大導演喬・傑克安盧 (Jean-Jacques Arnaud) 還爲《情人》執導，由少女明星珍妮瑪奇與梁家輝分任男女主角，在法國巴黎名影院演出，盛況空前，同時全世界的讀者都在解那個動人的謎題——《情人》是莒哈絲的自傳，莒哈絲在如花少女時代是否眞有過一段中法之戀？

「我已經老了，在公共場所入口處，一位男士自我介紹後朝著我說：『我認識你好些年了，每個人都說你年輕的時候很美，但我要告訴你，我認為你現在比以前任何時候都還要美，我喜歡你現在的臉——毀滅。』」

——譯自《情人》

春天是短暫的，花一般的夢早已成空。

「在我極年輕的時候已經遲暮了，幾乎在我十七歲時就來到春遲的階段……」女主角感到自己的歲華有如薤露，時光一寸一寸腐蝕她的外貌，並不依照一定的次序，在她十七歲時就感到自己已經老了。

愛情，在莒哈絲筆下是撲火的金色飛蛾，在振翅之初，就已接近永恆安息聖地——墓園，愛情一旦出現，就成了宿命的符咒。在她其他作品中也寫愛情，她對愛情的看法是現代的，也是古典的，她不否定愛情的存在，又否定愛情存在現實生活當中，尤其是男婚女嫁，她的故事中沒有悲歡離合，只相信「剎那即永恆」，永恆的一剎那過後，就是死亡與分離，如《初戀》（胡品清譯）中那位法國少女和德國軍人，是將愛與死這類悲傷主義濃厚的古老調子，搬到二十世紀的舞臺上。就算不死亡，也是別離，像《如歌的行板》（胡品清譯）女主角所刻意安排的傷別，是爲保留愛的絕對完美。

《情人》也一樣，他與她並沒有攜手遠走，或永遠躲在屬於他們激情的世界，這段愛情就匆匆來到結束的時候……莒哈絲也像意識流小說家維珍妮亞・吳爾芙，擅於掌握文字的美，所不同的，維珍妮亞的文字是朦朧的、印象的，近於晦澀。莒哈絲的文字也有朦朧印象的美，卻相當口語化，文字流利，是文壇對莒哈絲一致的讚譽。我們評論文學作品常談到作者主題、情節、內容、意識形態、道德價值觀，很少評論作者運用文字的功力，縱觀古今作品，文字佔了重要的一席之地，《詩經》、《楚辭》、漢魏六朝的賦所以能流傳千古，莎士比亞能成為英國國寶，勞倫斯、詹姆斯、喬艾斯、普魯斯特的小說能超越同時代的作品，也在於他們能運用優美、流麗的文字，就算筆下寫的是人類原始的激情，文字仍然是詩意的，莒哈絲也不例外。

黃昏像往常一樣到來，來得非常短暫，就好像吹一口氣，連綿的雨季，一星期又一星期，就在雨季結束時，你見不到天空，天空佈滿不散的霧，縱然是月光也無法穿透……

——譯自《情人》

莒哈絲的文字像清溪一樣流過，
像月光下的湖水那般晶瑩透明……

最後還是回到愛情，愛情在莒哈絲的小說世界裡悱惻有如漢賦六朝的賦體，願在晝而為影，則悲高樹之多蔭，願在夜而為燭，則悲扶桑之舒光，於是像晨零的白露，結束一段纏綿之情。

年復一年，經歷了戰爭、婚姻、生子、離婚、寫作，女主角在巴黎公寓突然接到一個電話，她立刻就認出是她中國情人的聲音，他說：「一切都像從前一樣，我一直愛著你，我愛你直到死亡的終站。」

在這樣的一個時代，我們卻在法國女作家莒哈絲的筆下，讀到《詩經・鄭風》詠蔓草，與《國風・召南》的流風餘韻。

對世間多情男女來說，這也是驚豔的一筆。

一九九二、五、七《中央日報》副刊

尤瑟娜是另一位莒哈絲？

十九世紀評論家加篤戚說意大利十六世紀大詩人塔索是但丁的繼承人，塔索寫十字軍的敍事詩，是時代與歷史的見證，同時他也象徵意大利文藝復興已來到黃昏時分……但文藝復興從未結束，那些藝術精品、古學瑰寶，美而典雅的思潮必然會代代流傳。

寫《情人》的莒哈絲以東方題材走向她創作的顛峰，東方的魅力像文藝復興從未消滅……

尤瑟娜(Marguerite Yourcenar)也曾以她的《東方故事》而掀起暢銷熱潮，而家喻戶曉，她已去世六年了，現在市面書店又開始銷售她的《藍色故事》(*Conte Bleu*)。這本書完成在二十四歲至二十七歲之間，有阿里巴巴謎一般的東方氣氛。

尤瑟娜一九〇三年生於布魯塞爾，祖先是業族，才出生幾天母親死了，父親熱愛古希臘羅馬的文藝，她隨父遊歷古都，承受父教，對她日後創作影響很深。她闖入文學世界是以翻譯希臘古詩開始，一生多次獲得文學大獎，如費米納文學獎、摩納哥文學大獎、法國國家文學大獎、法蘭西學院文學大獎等。她是法蘭西學院院士，在一九五一年就以長篇歷史小說《哈德良回憶錄》步入當代世界聞名作家的行列。

尤瑟娜是另一位莒哈絲嗎？答案必然是否定的，尤瑟娜因創作嚴謹，對古學知識的豐富，被認爲是新古典主義作家，但她也有許多超出新古典主義的作品，表現現代精神，深入人類思想的領域……譬如《東方故事》中她塑造「王福」這樣的角色，將中國人樂天知命的哲學，禪的體悟，心靈溶入山水化境，描寫得很深刻，也很生動，故事處處浮現謎樣的異彩，將原來神祕的東方收回到阿拉丁神燈的世界。

《藍色故事》是尤瑟娜向她的讀者說永別的時候了，但對一位經得起時間考驗的作家來說，並沒有「永別」二字。

一九九三、六、十五《中央日報》副刊

世紀愛情四帖

在凡塵清夢中，
迴響起輕微的聲音，
它穿透所看的音籟，
傳給那暗暗聆聽的人。

——摘自舒曼〈幻想曲〉前的選辭

鳶尾花變奏曲

五月的月光像雪花鋪滿了夜晚的大地。

夜深了，我們趕了一天的路，在這溫暖寂寞的山野小屋，令我想起希臘神話一對好客的夫婦：菲立孟與波雪斯，在那簡陋的茅草屋接待宙斯父子化身的凡人。

菲立孟與波雪斯在爐中燃起樹皮枯葉，他們煮了僅有的一片肉待客，桌上鋪了桌巾，幾枚橄欖、一些野漿果、幾根蘿菔……以土盤、土杯，並倒盡了最後一滴牛奶來待客。

南妮也是這樣接待我們。

「我的設計能賣出，一年數不出幾件，就靠這份微薄的收入維持我在山野中自由而尊嚴的生活，我養雞、種蔬菜，我的母雞是用來生蛋，我不忍心去殺一隻雞，不是怕犯佛家殺生的忌，是人與天地間萬物都會日久生情……」

南妮已經四十多歲了，依然雪肌玉膚，身段婀娜動人，一位迷人的中年婦女獨自住在山野中的小屋，總有幾分神祕感。認識南妮是在她姑姑——高洛克老太太巴黎公寓裡，南妮在冰霜封鎖山野的冬季就住在姑姑家中。

「這幢山野小屋原是姑姑的產業，她年紀大了，不願長途跋涉到山上來，她喜歡熱鬧，喜歡巴黎的生活，怕寂寞、怕聽晚上林鳥的叫聲，她說那種聲音十分淒涼，而且令人心驚……」

月光就落在窗玻璃上，梧桐樹的葉子組成精緻的花窗格，將夜的空間都塡滿了，我神思悠然……

大自然的景物，一花一草、一木一石都會在人的心境上引起不同的反應，早春時節，番紅花熬不過冰霜的季節，冰霜將花瓣都揉碎了……面對滿園的風信子，想起它拖著神話長長的影子，我竟然步履沈重起來，竟然熱淚泫然了……

風信子寫著美神阿拂羅蒂德與人間美少年安東尼斯的一段情，這霎那間的美形成一種難以彌補的創痕；短暫的愛情鑄成永恆的傷痛，風信子是所謂「待風花」，經不起狂風一吹就是滿地落瓣。

調混著紫與藍的光透過白色透明的紗簾，拉開紗簾，原來點燃白晝的是一片鳶尾花，幾疑心有人將梵谷價值連城的畫移進這山野小屋前。南妮就將早餐安排在那一片鳶尾花前，餐桌上還有一位中年男士，體型像一座希臘阿波羅的雕像，英俊的臉透露出智慧，風度翩翩，他對南妮款款情深。

我與女兒也加入他們，早餐桌上突然熱鬧起來，南妮熱情地為我們介紹：

「這是路非，他遠從南非來，他是作家，也是船長，一年經常旅遊世界各地，我想有一天他會像達爾文寫一部『遠航遊記』……」

「我和南妮都不贊成藝術與文學變成商品，所以我們都耐得住寂寞……」路非說。當年小約翰・史特勞斯經常帶領樂隊四處演出，每年夏季在彼得堡郊區巴甫洛夫斯公園演出時，鐵路公司以他的簽名照和他的圓舞曲吸引了全世界的聽眾。在掌聲與商業性的演出中，小約翰・史特勞斯終於感到疲倦了，也深深感受這樣下去會喪失他的音樂生命，到了一八四八年他的作曲就逐漸接近樸實的民風，不朽傑作〈藍色多瑙河〉就是這段時期完成的。

與一對情人共用早餐，就會覺得自己只是山野景物的一部分，在情人眼中只有彼此，第三者是不存在的。在這樣美的山野中用早餐還是平生第一次，鳶尾花隨著陽光變了個色彩，藍色光調褪了些，紫色光調加強了，那一片梧桐樹林經過露水的浸透，葉子更嫩綠了，光滑的樹幹如抹上一層橄欖油。

清寂的山野雖然沒有樂聲，但我總覺得小約翰・史特勞斯〈美麗的五月〉、〈南方的薔薇〉的旋律散放林中、花間，與這對情人的眼神中……

愛情不再是法蘭西斯・湯卜遜筆下凋零的夢。

日落了，美的就如法蘭西斯・湯卜遜筆下的「流亡者」，落日西沈時收斂起四圍的光華，在莊嚴華美中告別這個世界，寂靜中依然有弦動天地的聲音，鐃鈸原是為燃燒西邊天際而高鳴，樂聲不是由音符而是由色調組成的……

是情人告別的時候了。

「路非，當我們很老很老的時候，如果我們仍然相愛，如果我們有機會再相遇，我們會像希臘神話那對平凡而又相愛的菲立孟與波雪斯，坐在古廟的臺階上說那久遠年代的掌故，然後看到彼此都化身爲一株古木，在最後一刻，還來得及說出：永別了，親愛的……」

「然後多少年代過去了，走過這座古廟的牧羊人看到兩株屹立的古木，還會將這段美麗的傳奇說給鄰人聽……」

我看到鳶尾花的色調逐漸褪了，天色漸漸暗了。

我竟然步履沈重起來，竟然熱淚泫然了……

期待那一株水仙

我們選擇諾曼底海邊去度冬天假期，朋友聽了深感困惑，去諾曼底海邊度冬天假期？不能滑雪，不能游泳、玩遊艇算什麼度假？

我微笑不語。

女兒的箱子裡擱著一本又一本她正迷上的「克麗斯蒂」的小說，她說冬天冷就待在旅館內看「迷宮之后」筆下的推理與佈局。

我帶著書與稿紙，作品的題材早就埋在心中，也醞釀了幾年，只是那株「水仙」遲遲未冒芽孕蕾。

我曾是篤澎教授班中一名研究生，他是學者，但不是作家，他希望我有一天會寫出他的故事。

我來到冬日諾曼底海濱，這是篤澎教授的「家鄉」。

我記得與篤澎教授的話題是這麼開端，就爲了探討〈羅蘭之歌〉與〈尼布隆根之歌〉。

「眞正的法國歌謠（chanson）是淵源自法國歷史，就如〈羅蘭之歌〉裡所寫的，主角羅蘭是查理大帝的英勇騎士，在與西班牙之戰失敗後退守庇里牛斯山被殺的……這歌謠已流失，一直到一百年前才翻譯成現代的法語出版……」

「〈尼布隆根之歌〉是遠在沒有文字與文學的時代已經被人傳頌，故事的主角西格弗特就是冰島手抄本中的西格特……」 然後我們又談起古代的行吟詩人，他們以詩章來換取膳宿。早期德國的戀歌（Mumesang） 許多是出自騎士的手筆，他們將愛情的對象加以形象化，而寫出純情與美的詩篇，我們還談到烏佛南，他是這類詩篇的高手。

「愛情的題材是屬於舊世紀的，但愛情的題材是永恆的，文學與人生都不能缺少愛情……」由於涉及愛情這個主題，他談到他永恆的情人，杜甫以「長安城頭頭白烏，夜飛延秋門上呼」爲開端引出胡人入侵，金鞭斷折、骨肉離散的慘劇，篤澎教授與他的情人安妮就相逢在二次大戰戰火中，安妮是芬蘭少女，在諾曼底旅次中與篤澎相識、相戀，爲了篤澎她遲遲沒回芬蘭。

「當時我們兩人交談全靠幾個英文單字，但我們的天地竟然無比寬廣，二次世界大戰沒結束前，安妮在雙親催促下回到芬蘭，從此斷了音訊，戰爭結束後我遠到芬蘭探聽安妮的下落，才獲知她已病逝……」

當你成爲遠古的一把灰，睡了，

你怡悅的聲音留在人間，

你的夜鶯清醒著……

我不記得是誰寫過這樣的詩句，但它總留在我記憶中印象深刻。

「我回到諾曼底故鄉，走在清晨烟靄瀰漫的海邊，在我感覺中，世間的一切皆如海市蜃樓……」

朋友知道我酷愛大自然的美，特別提醒我：海上的日出是在黑夜將盡、黎明將臨的那時刻……

但這回我不是來尋找日出的美景，

我帶著幾分癡迷期待心中這株水仙的綻放。

琉璃塑雕

巴黎華人像一般法國巴黎人過的是公寓生活，一把鎖關起一片小天地。

喬治陳卻住在巴黎五十公里外的郊區過著他閒雲野鶴的生活，他父親是中國人，母親則是道地的法國人，他是研究藝術史的專家，酷愛中國藝術，屋內全是仿古的中國傢俱，一座仿商代後期「石雕臥牛」的木雕擱在紅木櫃正中央，旁邊是銅尊與陶鼎，仿仰韶文化的彩陶盆色彩鮮明，最吸引人是一片琉璃塑雕，好像從倒塌的殿堂廢墟中揀回來的，記述盡是斷簡零篇的故事……

喬治陳已八十高齡，身旁是他松鶴之年的妻子，一壺中國茶，喬治陳從魏晉南北朝的青瓷、五代山水畫家，談到南京東吳墓人物塑型中出現的坐佛，與宮殿、寺廟、陵墓前石獅瑞獸，如北京天安門的石獅、故宮鎏金銅獅、頤和園鍍金銅獅、山西太原崇善寺的鐵獅，然後談起清初四僧……

「清初四僧突破傳統與臨摹的筆法，表現了胸中跌宕的鬱感，縱肆灑脫，借筆墨描寫天地萬物，而又以天地萬物的妙造抒發性靈……」他的妻子安靜地聽他說話，目光中隱藏著一種說不出的意緻，我說意緻其實太抽象，那是一種極纏綿的情愫，然後喬治陳回望她，世間這樣一對情投意合的夫妻我還是第一次見到。晚一輩的慣於向老一輩請教婚姻、愛情的藝術，當我問起，他悠悠地說：

「我和美蘭結的是一段再生緣，前半生我們相愛，但無緣結合，只有黯然分手，猶記分手時，一種死的衝動強烈震撼我，但生命畢竟是頑強的，我還是活了下來……」

「我們都經歷過婚姻的愴痛，再相逢是已彷如隔世，好像是在天上而不是在人間了，彼此在對方的外形上看到歲月走過的漫長軌跡，到那種年齡，往日的激情應該不存在了，可是我們仍然互相吸引……」

「然後一切都重新開始，相逢、相知、相惜……」喬治陳娓娓道來，淚光與星星白髮互相掩映，他也像他自已收藏的古物，歷盡了年代的滄桑……

但眼前這對人間知已並沒有所謂「白髮悲花落」那般傷逝的情境，他們的老去，是青春的延續。

我望著那片琉璃塑雕，它就像愛情一樣玲瓏剔透，而且精緻華麗。

吟出斷腸詩

嘉洛琳已是花甲之年依舊保養得很好，不論是容貌和身段都不像老婦人，她祖先是貴族，在魯瓦河畔留下一座府邸，嘉洛琳獨具生意眼光，將它改裝成旅館，遇到舊雨新知總不忘邀請他們去她旅館度假，而且是特別的折扣。

承繼一座貴族的府邸，就是一樁負擔，一般現代法國貴族的後代都面臨破產的危機，皇宮府邸一年龐大的修護費就是一筆驚人的數字，要維持祖先的光榮，不單是節衣縮食，而且要動腦子在節流外還得開源。

嘉洛琳不但沒有面臨破產危機，一年的收入還相當可觀，她訓練她旅館員工誠懇的待客之道，讓住進她旅館的客人都賓至如歸。

嘉洛琳不但事業有成，還是位民俗音樂家，我在文章裡談到海頓時就曾請教她有關海頓作曲的風格，在音樂史料中我也可以找到這類資訊，但和朋友的智慧交談，經常可以迸發出輝煌的智慧之火，那是在死的史料中找不到的。

「海頓有時只用弦樂，二支雙簧管、二支法國號來創作他的曲子，而如氣派宏大的《倫敦交響曲》就具備一團雙管樂隊，外加大鼓……海頓的創作深受民俗音樂的影響，如維也納的小夜曲，匈牙利、捷克的民間音樂，有意大利西西里島情調的音樂，奧地利的〈南德諾舞曲〉（Landler），德國的〈亞拉曼德〉（Allemande）等，到了七〇年代時期，他又深受巴哈的啟示，將悲劇性和細膩的思維透過音樂來表達……」

我們就一邊聽著海頓第四十五交響樂——《告別》，一邊談起海頓。舒曼說過，一切屬於華麗的、豐富的、生活中的印象，都可以表現在音樂中，在海頓的《告別》中就充滿了這種印象……

「愛情就具有華麗、豐富、彩色的印象……當他離去時，我意思是說剛辭世時，每逢午夜，我常自夢中驚醒，我總以爲他會再回來，我似乎聽到他在開鎖，但那只是風聲，啾啾悽鳥的寒鳴，或純粹是我孤絕無望時的錯覺，這對我來說都是音樂，一種悲感的樂聲……」嘉洛琳說。

「他是我生命中第一個，也是最後一個戀人，我不願意提到死亡二字，我總覺得他是去旅行，到地球的另一端去旅行……」嘉洛琳起身做出一個很優雅的動作，那動作讓人揣想她年輕時代必然是位迷人的女子，那動作就像西漢的一座「陶塑舞女俑」，是圓熟、光潤而有旋律的。

在海頓《告別》的尾聲中，我向嘉洛琳道別，擡頭看到她園中一壁灰牆上紫藤花已盛開，開得十分華麗。

一九九三、十、二《中央日報》副刊

浪漫國土・浪漫情調

●

面對羅丹的傑作——巴爾札克的塑像，我驀然想起有一座埃及黑色花崗石的雕像，位於尼羅河畔的古都 Thebes，那被黃沙掩埋是一具駁落古埃及王奧慈曼達斯的頭像，鎖蹙著雙眉，威懾中有種冷峭，沒有軀幹的兩條石腿屹立沙漠上，在漠漠平沙中訴說自己昔日的功業……

而羅丹這位雕刻大師似乎早已揣摩透巴爾札克蘊藏著對文學與生命所燃燒的一顆熱烈的心，所以在摹刻這座塑像的手下，就將這種不隨生命殞逝的激情，一刀一筆表現出來。

文學在巴爾札克心中，

也是奧慈曼達斯的功業，

是一種浪漫的激情。

●

法蘭西民族總是在嚴肅中帶著拉丁民族浪漫的情調。波蘭人哥白尼是第一位對天體運行進行探討的人，指出地球是繞太陽運轉的，伽利略奠定「力學」的基礎，他實事求事，站在比薩斜塔高端的露臺上，投下兩個重量懸殊的物體，推翻了一般力學錯誤的觀念。

法蘭西民族不只擁有文學藝術，他們的科學也一樣站在世界的尖端，但法蘭西民族在求證科學時，一定也不忘了帶點浪漫的激情。

●

英王亨利八世十八歲承繼皇位，法蘭西斯一世二十一歲承繼法國皇位，是位俊美的少年，在他的時代英主輩出，如印度的巴貝爾時代、土耳其的蘇里曼時代……顯然的，查理五世對法蘭西一世的雄才大略頗爲耿耿於懷，但法蘭西一世的親和力將東方的匈牙利中的土耳其人結成他的聯盟，這就對查理五世的帝國形成威脅。

查理五世是哈布斯堡家族的後代，他祖父馬克西米利安一世擅弄權術，尤其通過政治姻親去取得各種實利，這是哈布斯堡家族一貫的作風。如果法國皇族也玩政治權術，那一定不像查理五世的家族以「雀屏妙選，瑞靄門楣」的另一半來擴張帝國的勢力範圍，而是通過浪漫的情調，譬如舉行一次「金衣之場」的宴會，這類法國皇族的宴會總是氣派非凡，宮庭郊遊、馬上比武，充分發揮十六世紀浪漫的騎士精神。

●

那位出身科西加島的英雄拿破崙，也是自母親那兒秉承一種浪漫的愛國熱誠，他奉盧梭爲大師，他是雅各賓黨人，冒著被送上斷頭臺的危險，在一七九五年逃到巴黎，據朱諾夫人回憶錄中形容他爲：

清瘦的面孔，

邋遢的外表……

但自由之星並沒有在水星（財政）、火星（軍職）和金星（社會地位）的誘惑中暗淡下去，像霍爾・羅斯所說那樣。在法國革命時期，他熱情地擁護共和政體，如果說他是超越的軍事領袖，他也是浪漫的理想主義者。

「法國人是來砸碎你們的枷鎖！」這是拿破崙對意大利人所說的一句格言。從高盧回來，凱撒就成了人人崇拜的英雄，而埃及和印度就成了拿破崙的高盧，他依然改不了浪漫的氣質。

●

一走入法國的土地，也許不像雪萊那樣冠冕堂皇來一段旅遊的開場白：「我遇到一位來自古老國度的旅客……」

倒是像希臘神話月神黛安娜與美少年安迪密恩的一段「月夜之戀」，在美的最高點與浪漫氣氛中，記下這段法國之旅。

黑夜閃著金光的艾飛爾高塔，擎天玉柱似的噴泉，歌劇院前音樂大師海頓、貝多芬、莫扎特的浮雕，亞歷山大橋華美的造型……巴黎是另一座古希臘的奧林匹斯山，住著那美的令人驚嘆，浪漫的不像神仙的神仙，不只是將希臘故事雕琢成塑像，搬到這座藝術之都的浪漫舞臺上，不只是羅浮宮住著美神維納斯(維納斯的塑像)，那執掌文藝的九位繆斯也一定會眷顧這座世界上最美麗的城市，而經常在這兒舉行迸光流彩的「智慧之宴」，宴席中一定少不了太陽神阿波羅，他一定會彈起七弦琴，唱出他對達芙妮的愛情。

●

一談到「愛情」，浪漫法國人心中的愛情，就會聯想到希臘戲劇家阿佳鐘爲獲得戲劇競賽首獎，而舉行的慶功宴，在宴席上，賓客以當時時髦的話題「愛情」展開了一場溫和的爭論。

蘇格拉底也在宴席上，他以大智若愚來破他人所謂的「智慧之陣」，最後就是他自己充滿智慧的結論：「愛情是人類精神領域裡刻意追求的聖潔之美，愛人不但尋求美，還要創造美……」

法國人的愛情也是朝著這種理想與浪漫混合成的美的路上走。

●

法蘭西民族一定很早就看透了人生的無常，他們也許不像斯賓諾沙自蟄居在穴洞的小爬蟲聯想到人類的悲哀，感到在無限大的宇宙中，人的生命如滴水微塵。法蘭西民族在運用智慧去解開人生這齣大戲的謎底之前，就先懂得運用浪漫的品味，去安排他們在世上的日子。

法國人一定不覺得人生在世像走索人在空中盤斗那樣，他們是虔敬的天主教徒，卻又有套善待自己的哲學：「好好地活過這一生」，譬如在一生中不妨安排幾次浪漫的奢侈，去登一次白朗峰，去看冰海奇觀，去吃一次美心飯店，去看看這百年老店的古老豪華，在老樂師的小提琴曲中暫時忘了世紀末的市囂。走進馬德琳廣場，在「富湘」選一樣食品中的精品，或冒著皮膚過敏的危險去吃一粒野蠻之果，或到皇家大道十七號的蓋斯比亞去嘗嘗他們鹹燻鮭魚、魚子醬與伏特加酒，去看一場麗都，去阿爾卑斯山度一個遠離塵俗的長假……浪漫，豐富了法蘭西人的生活。

一九九二、十二、十五《中央日報》副刊

銅駝歌哭人間苦難的菩提

——記聖米歇爾山之旅

海，奔瀉於一座聳然特立石壑的四圍，不是覆蓋三百餘里，隔離天日的氣勢。臨於萬丈波濤之上的聖米歇爾山也不是雕文刻鏤、錦綉纂組的宮殿，雷霆乍驚，不是轆轆宮車，而是政治犯死囚的嗚咽，曲廊石梯間，不是飄散焚椒蘭的濃香，而是腐屍的惡臭……

亞歷山大城的「繆斯翁」是世界上最早的一所大學，是一座科學的星座。有一株無花果科的菩提樹，當然，它是不死的，縱然主樹枯凋，旁邊也會淵生另一株有歷史意味的樹，西元前二四五年分枝種植的樹，經歷了人類多少年代，依舊活在那兒，見證塵世煙雲般的縹渺與短促。那株菩提就是喬答摩一座繆斯翁，一所他悟禪的大學。

莫扎特英年早逝令人無限惋惜，舒伯特逝世時只有三十一歲，比莫扎特還早四年結束他短短的一生。他在生命最後彌留的一年的最後一個秋天，完成了C大調弦樂五重奏……

在登聖米歇爾山之前，我聽到一個極悲涼的故事，在聖米歇爾山這座囚牢裡，有一位建築師囚犯，他就像當年猶太樂師在納粹集中營裡仍然受到禮遇一般，暫時被釋放參與營建聖米歇爾山的艱巨工程。

營建聖米歇爾山就成了他悟禪的菩提，與生命最後一個秋天，最後一首C大調弦樂五重奏……藝術的構思，建築學所觸及科技與美學的領域，聖米歇爾山四周的浪濤聲，光與影交錯的朝與暮，浪濤退盡露出的草原，草原上吃草的羊群……這一切都再一次豐富了一位死囚的生命……

從巴黎一路開車到聖米歇爾山，因走的是國道，車窗外的景色特別美，山村幽景嵌在藍天與大地之間，駛過一片片油菜花田，天的藍，平野的綠，與一望無垠的黃花，鑲成三色拼花地磚……一忽兒是陽光將窗外被風吹散的花痕印在車窗上，一忽兒煙柳櫓花、蕊瘦花濃的一幕出現了。路經農舍，一位農婦就像莫泊桑筆下那位「霍爾唐司女王」，正統治由雞、犬、貓……所組成的族類，驀然間，誰譜樵笛，唱出田園詩句！

夜晚，我們就在友人瑪丹的鄉村老屋歇腳，瑪丹夫婦從路易時代的舊靠椅，維多利亞時代的舊掛鐘，淵遠年代不知名畫家的舊畫，教堂盛聖水的石盌、舊檯燈、舊花瓶琳瑯滿目收集了一屋子，而這幢老屋建於十九世紀初，也就是說住滿了一屋子幽靈……

晚餐過後，在爐火邊談的也是百年戰爭中的聖米歇爾山，熊熊爐火中，火光一明一暗閃爍中，大軍已列隊走向聖米歇爾山，走向城市塔樓，而瞬息間當爐火暗下來，一切都成了歷史的扉頁……

那一晚，維多利亞舊座鐘不斷按時報響，據音樂家友人說，她隱約聽到舊木梯在深夜傳來詭祕的響聲，我們睡的床也是十九世紀初留下來，一翻身就害怕驚醒酣睡中的幽靈……那舊衣櫃、老床墊、層層厚厚的窗簾，都撲滿了時光的灰塵。

清晨，我們登聖米歇爾山。

立於聖米歇爾山這座小島上的教堂，是中世紀海邊最美的一景，石建的屋宇堆成金字塔把教堂圍在其中，當年維京人攻打諾曼底，諾曼底人在此建屋避難，這座小島就形成海中的一座城，百年戰爭，它固若金湯，久久未被英國人攻下……南邊建築呈現出中世紀典麗的色彩，西邊是光禿禿的石頭，北邊的森林已迹不可尋，傳奇上說，海水奔流，快若萬馬奔騰……

現在的聖米歇爾山是觀光勝地，藝品店、餐廳、旅館櫛比鱗次，有一家餐廳，所有的員工都穿起傳統的民俗服裝，當眾表演烹飪藝術，連所有廚房的鼎爐、器皿也全是傳統的，賓客就在觥籌交錯中享用山餚野菜，譬如布列塔尼的麵餅與布拉姆媽的煎蛋。

我站在聖米歇爾山最高處望向大海，風號浪吟，風不是像羅塞底所形容「才剛自山丘樹間咆哮而出，就已靜止」，風更像是英文裡的「趕路人」，正走向無止無休的旅程……在風捲葉啼中，一組震顫的音符悠然響起，在維也納那座稱爲歐岑布洛蓋的小鄉村，舒伯特乘著馬車在月光下顛簸地奔向他的音樂永恆之鄉，也許他見到浪飛魚躍——鱒魚的舞蹈，就寫下「鱒魚五重奏」，也許天鵝與月光也組成他意識裡的一組「天鵝之歌」……

場景換了，那是十八歲的舒伯特，意興風發在衆人面前朗誦歌德的〈魔王〉，後來他將〈魔王〉譜入樂曲，他擅於掌握音符靜態的氣氛，以蹄聲在空林迴響的效果反襯出驚人心魄的氛圍……

在光線昏暗的咖啡館，華爾滋舞曲旋繞中，舒伯特依然不是獨領風騷、蜚聲樂壇的人物，但他試圖去表現大自然的奧祕，將他浪漫主義的血脈注入他的樂章。當一八二七年貝多芬去世，舒伯特舉著火把，跟在隊伍後頭，走在送葬的行列中，那時他正在寫令人神傷的〈冬之旅〉，而當C大調弦樂五重奏完成，三十一歲的生命驟然成了永恆的休止符了。

喬答摩在得到人世所有幸福之後，卻感到生命陷入無比的空虛，他出遊時見到生、老、病、死人生四種景象，他見到屍露荒野，腫脹，被挖空的雙眼，屍體經過飛禽走獸啃啄後的慘狀……爲他駕車的車夫意味深長地說：「這是生命的現象，我們誰也無可遁避……」

當喬答摩讓車夫再次備馬，在月光下奔向他的世界——智慧的涅槃，他一定也有過沸騰五腑的矛盾衝突，歷經千顆流星紛紛殞落，江海河湖倒流，峻嶙巨木崩塌，黑暗統治人間的心路歷程。

於是他在菩提樹下悟道了，

涅槃不是死寂而是寧靜。

那位營建聖米歇爾山的建築師，在工程完成的一刻，在面對自由的結束與重返死囚牢的躑躅痛苦中，他選擇極悲慘的結局——自聖米歇爾山高處墜海身亡。

潮起，潮落，聖米歇爾山依舊峙立大海中，

就如C大調弦樂五重奏永遠繚繞人間。

但在波濤夜驚、狂風驟然而至的時刻，在煙雨霏霏、山海寂寥、北風呼嘯、摧敗凋零的冬季，你可以聽到海鳥的咿嚶特別淒厲，那是悲調的「商聲」，是古代葬禮時唱起的一首「薤露」，也是生命最後一個秋天，最後一首曲子。

一九九二、八、五《中央日報》副刊

來自海底的珊瑚

來自海底的珊瑚

——談海貝爾、海涅與赫塞

海貝爾（Christian Friedrich Hebbel）是德國社會劇與心理劇的先驅劇作家，作品擅長人物刻劃，對人性觀察細微，對後來劇作家影響至深，如易卜生就深受他影響。海貝爾同時也是位抒情詩人，他喜愛沈思宇宙間的奥祕，譬如他的〈夜歌〉就是探討宇宙的詩著，是他早年登海德堡山巔夜遊時所寫的，這首詩曾由舒曼譜成名曲，在這裡他對宇宙提出了問題：

像泉湧一般夜色蒼茫，

到處是燈火與星光，
在迢迢的遠方，
請問，是什麼在昇起？

海貝爾的答案是廣茫深奧的宇宙，是人類不可知的命運，而生命本身原是滄海一粟……海涅(Heinrich Heine)生於一七九七年，卒於一八五六年，赫塞(Hermann Hesse)卻生於一八七七年，直到一九六二年秋才因腦溢血逝世。在此將兩位生於不同年代的詩人相提並論，是基於他們兩位都享有世界性的聲望與地位。海涅是位窮苦猶太人的兒子，赫塞的父親則是牧師，他本人卻當過鐘錶學徒與書店店員，兩人都不是出身豪門貴族，但都在文學上有著非凡的成就，雖不是空前絕後，也相去不遠。

海涅的詩歌受到全世界人類的喜愛，除了詩歌，他也是傑出的政論家，他不僅在本國享有聲譽，也是世界性的人物。赫塞於一九四六年獲得諾貝爾獎，他的作品也將成爲世界性的文化遺產。海涅的足跡遍及倫敦、意大利、慕尼黑……一八三一年旅居巴黎，一八五六年在巴黎去世，他是在異國度過半生歲月。赫塞去過印度，對東方文化獨有心得，但一生大半歲月都隱居瑞士。

在一個人的生涯中反映另一個人的影子，世界上常存在著許多偶然的巧合，似是造物主的刻意安排。生命眞有一連串的奇蹟嗎？不管答案是肯定或否定，對海涅與赫塞都不重要，因爲這兩位文學巨擘都是嘔心瀝血創造文學史上奇蹟的人物。海涅說：「這是人類的命運——不論什麼美麗、善良、偉大的事物，都落得蒼涼的下場。」生命也許是悲哀的，詩歌是永恆的，燃燒了生命，完成至善、至美的詩章，生命又有何憾！

海涅的詩眞摯、樸素，也是德國民歌一脈相傳，他熱愛生命，歌咏人類的勇氣，面對痛苦悲哀也不加以掩飾。他描寫的角度雖承襲德國民歌的優美傳統，卻具有現代的意識與現代的精神，而不純粹宗法古典。他一首〈流浪的鼠〉諷刺的是現代都市生活的百態，是生存競爭的寫照，是不擇手段的都市人物……

海涅的詩似乎有許多是出自「自憐」，「自憐」的情緒也許被認爲是一種心理學上輕度的病態，但如以另一角度來看，海涅的詩並非自憐，而是人類對生命寄予熱望，同時又感到縹渺如寄的感觸。在海涅這樣一位天才身上，這種感觸更爲深刻。當他晚年爲脊髓病痛所折磨，他自喩爲《聖經》上患癩病的乞丐，寫下血淚的〈那撒路之詩〉。海涅死後被安葬在巴黎蒙馬特公墓，他生前寫的短詩——〈何處〉，就刻在墓上，成了像濟慈一樣自悼的碑文：

疲倦的旅人呵，
何處將是我最後安息的地方？
是在南國棕櫚樹下？
或是萊茵河畔菩提樹邊？
是將被一雙陌生的手，
安葬在荒郊一落？
或葬在大海沙岸？
永遠安息海灘上？
不論怎麼樣，在我——
到處都是一樣，
上主以穹蒼裹住我的屍身，
夜晚有星宿在我上空高擎，
就像我靈前燈火閃亮。

在巴黎蒙馬特公墓讀到這首短詩，不禁愴然，但我們仍然沒有忘記他生命豪歌的歲月，那時他高呼著：

我是劍，我是火焰，
我曾在黑暗中照亮你們，
當戰鬪開始，
我站在隊伍的最前線，
衝鋒向前……

赫塞詩作素材雖離不了流雲、清晨、霧、春天與夢……但筆調不落俗套，譬如他的一首詩〈霧〉他探討的是人生的哲理，他在霧中散步，感覺樹木、岩石都是那麼孤獨，這時濃霧隔開他與友人，令他除了感到孤單，也感到黑暗。他說：

的確，不知道有黑暗的人，
不能稱為聖賢，
黑暗悄悄將他與世人隔開

使他不能遁隱……

赫塞自一九〇七年隱居在菩登湖畔，後來又搬了幾次家，也始終是在風光如畫的瑞士鄉間，最後他死於瑞士的加洛湖畔。他終日面對湖光山色，終日啜飲這片大自然所賦予詩的靈泉，但並不屬於一枝閨秀派女詩人的筆，也不刻意去描繪大自然的色彩形象，他的〈清晨〉、〈流雲〉、〈霧〉與〈夢〉都寫進了自己的思想與理性的概念。

海貝爾、海涅與赫塞是三株來自海底的珊瑚樹，深不可測，而又閃爍著奇光異彩。

滄海遺珠

——談何爾德寧與其他

有些作家生前就享有盛名，有些則是死後才為人所肯定，但在茫茫人世，也有扮演滄海遺珠的角色，生前與死後都是沒沒無聞，那眞是文學界莫大的悲哀！

何爾德寧（Johann Christian Friedrich Holderlin）生於一七七〇年，他的聲名則到本世紀才漸爲世界文壇所傳頌，而且與日俱增，被喻爲最偉大的詩人之一。他的詩承襲席勒崇尚古希臘文化的風格，經常引證古希臘神話、哲學、歷史典故。他的〈獻給青年詩人〉

一詩，寫來雖平易，卻含有深厚的道理，是有意於文學創作者的金玉良言。他勉勵青年要謙遜，要像古代的希臘人，要瞭解凡間的人，絕不狂妄、冷酷、虛僞說教……何爾德寧文筆優美，句子中蘊含文學才思，有時如一雙藝術的手撫弄出來的弦音，試舉其例：

命運的女神，
請給我一個夏季，
一個秋季，
讓我詩章成熟，
那樣，我的心靈滿足於
這美的遊戲，
就得以瞑目了……

——〈寫給命運女神〉

德國許多詩人都以「羅蕾萊」的題材寫過詩，其中海涅的〈羅蕾萊〉最爲有名。但這些詩歌都是沿襲了布侖塔諾（Klemens Brentance）的〈羅蕾萊〉一詩，他將這齣萊茵河畔的神話悲劇寫得十分淒豔動人，他對德國民歌有很大貢獻，是位天主教詩人。

在浪漫派詩人當中，夏彌梭（Adelbert Von Chamesso）的風格較為特出，他的詩溶合了現實與理性，而不純粹是幻想與情感的結晶。譬如他在一首詩中描寫一位年老的洗衣婦，一生克盡天職，到了年老無依還要幫人洗衣來養活自己。她樂天知命，深夜紡麻織布，縫好「壽衣」，藏在箱子裡，只有星期天才穿著上教堂。這詩裡的「壽衣」是含有象徵意味，是她一生的美德，也是一生的典範，最後詩人說自己的生命也到了黃昏，他要效法這位老婦人……

夏爾梭將寫詩的筆投向現實，投向平凡而偉大的小人物身上，這已經完全脫離貴族的風格，表現出平民的心聲。他本人原是出身於法國的貴族，因法國大革命隨父母避難德國。他有一句名詩，像出自古代的行吟詩人，也許是他早年流亡生活所留下深刻的印象：

我要鼓起勇氣，
懷抱我的琴弦，
走遍五湖四海，
一國一國去吟唱。

溫柔的感傷

——談史托姆與德洛絲蒂

談到史托姆（Theodor Storm），國內的讀者一定相當熟悉，他的《茵夢湖》是最受喜愛的文學作品之一。史托姆擅長寫小說，他的詩更爲優美動人，當我們朗讀他的〈十月之歌〉，就好像聽到柔美的音樂，在秋日窗前彈唱。當他投筆寫日影西沈的海濱，我們又似乎聽到海潮在低吟：

灰色的水鷗，
飛掠過水面，
在霧中，海上的島嶼，
像夢境一般……

史托姆的詩含著幾分女性的憂鬱與多感，誰也沒想到他是學法律的，當過律師、陪審官、法官。當他站在法庭上爲眞理而辯，他的辯才與他的文學作品又是多麼格格不入。但史托姆對文學有種解不開的情結，遠超過了他的職業之上。

在德國文學史上有位傑出的女詩人，她以女性特有的敏銳、纖細的筆調，寫出許多富有詩情畫意的鄉土作品，她就是德洛絲蒂（Annette Von Droste-Hulshoff）。在她詩中可以看到狄金蓀與蒂絲黛兒兩位美國女詩人的影子，在她們筆下，大自然分擔內心的憂傷、寂寞，也給予她們屬靈的生命。

當德洛絲蒂感到岸邊的花兒已不顫動，晨光靜靜躺在如鏡面一樣的池水上，而水蜘蛛卻翩然起舞……她的〈月出〉一詩寫得莊嚴而又細膩，她先寫月亮出來之前的伏筆，與等待月亮出來的心境；那時穹蒼天庭宛如混濁的水晶，湖上水波在幽暗朦朧中緩緩舒展。當月兒上升，輕撫山巔，拂過綠波，閃爍著動人的光華，這時女詩人形容它是遲暮的友人，喚醒了美好的回憶，讓生命籠罩著柔和的迴光。

永恆是什麼？我不知道德洛絲蒂與狄金蓀是否窺見過永恆的星光？但他們都在寫一首「永恆之歌」。

一九八九、二、十七／十八《新生報》副刊

另一座阿爾卑斯山

冬季假日，在阿爾卑斯山村一個深夜醒來，望向窗外，層巒疊嶂，冰花雪浪，一座座山峰爲白雪所覆蓋，谿谷深壑響起翻山越嶺而來的風聲……我爲窗外的奇景所吸引，睡意全消，一些湮遠的往事驀然襲上心頭……

我對文學、對寫作有份執著，但許多文學天才所擁有那種瀟灑的玩票態度，我是沒有的，我對寫作的態度很認眞，這份收入極爲微薄的工作，我仍然將它當成很神聖的終生事業。蒲松齡在他家鄉山東「蒲家莊」每逢夏季教書閒暇之時，就在井畔柳下設茶座，讓過路的旅人歇歇腳、喝盅茶，然後請他們講他們故鄉的民俗故事、流傳街巷間的傳奇、風土人情……他也很認眞地記下這些題材、情節，成爲日後執筆《聊齋誌異》的素材。我也爲我的寫作大計而長期不斷的閱讀，進英國、法國學院、大學進修，目的不在學位，而是寫作。走過一國又一國，一城又一城，飄遊五湖四海，效法的是徐霞客在旅遊中「求知」的精神。

爲什麼當初我會選擇寫作這條路?說來也是有份因緣,許多人與事浮在腦中,都與寫作有密切關係。少年時代的我是很孤單寂寞的,曾被耕莘寫作班的女孩子喻爲「百分之百清純的少女……」曾被同學稱爲「美麗的……」,相信母親也將她美好的容顏遺傳給我,但並不像一般小說裡描寫那樣,一位美麗的少女就擁有一大群追求她的男孩子,我是位「乖女」,不參加舞會,不涉足任何場合,不逗留在外,不夜歸,甚至走在路上也目不斜視……筆下所描寫那些愛情故事全是杜撰的,全是讀多了文學作品幻想出來的,愛情與我無緣。我的少女時代該屬於六〇年代,那時候臺灣的社會風氣也不像現在這麼開放,何況我一直是個木訥保守的人……

但孤單寂寞經常伴隨著失望與悲傷……這時我參加了耕莘文教院的寫作班,主持寫作班的是張志宏神父,他是美國人,卻熱愛中國文化,更熱愛中國人。當時喻麗清擔任寫作會的祕書,年齡才二十左右的她已是位知名的女作家。張秀亞教授是寫作班的老師之一,我對她的崇拜簡直到了入迷,她是我心中另一位狄金蓀,另一位曼斯菲爾德,另一位伊麗莎白・白朗寧……而且她文辭思想的優美,遠勝於曼斯菲爾德與伊麗莎白・白朗寧,只有狄金蓀能與她並美,狄金蓀就是被喻爲自莎孚以來最偉大的女詩人,張秀亞的名字對我來說就是「莎孚」,她的作品伴隨我成長,在我心靈深處構成一幅詩畫交織的世界,她文藝氣質的崇高,優雅的感傷，就像狄金蓀爲「殉美」寫出來的鏗鏘詩音，影響我的前半生，也必然再啓示我的後半生。我的第一本書《這一代的弦音》是她爲我寫的序，耕莘年度寫作比賽，我以〈秋山、秋意〉獲得散文組第二名，但張神父對我透露了一樁祕密，那就是張秀亞教授給我的評分是第一名，我捧著第二名的獎狀，走在耕莘門前那條木棉花盛開的路上，爲了這個祕密而感動不已……

我的第一本書是在光啓出版社出版的，社長就是巴黎大學文學博士顧保鵠神父，這本書只賣到三版，但顧神父對這本散文集十分激賞，他說是他當年出版最好的一本書，這句話在我二十左右的年代是最大的勉勵與讚美。這本書中除了〈這一代的弦音〉一文獲全國寫作比賽散文第一名，被刊登在《幼獅文藝》上，其中大部分是刊登在《中央》副刊，當時中副的主編是孫如陵先生，他曾到耕莘寫作班來演講，其人其文其言都是才思敏捷、智慧而雋永……那次他來演講是我唯一的一面之緣，但我終生默默感激這位主編，是他公平、無私、沒有偏見的君子作風，我才能在那麼年輕就有機會在中副上一篇又一篇發表我文學啓蒙時代的創作。他取稿的嚴格，訓練了我的筆力，也養成我在寫作上的嚴肅態度，後來我擔任光啓社編審與臺視基本編劇的工作，轉向戲劇發展，審稿、廣播電視劇的寫作佔據了我太多時間，對散文的創作就暫告中斷。

不論我在散文或戲劇上發展，張志宏神父對我始終亦師、亦父、亦友，我孤單寂寞時，他安慰我「許多優秀的男孩子都出國唸書去了……」其實國內各行各業多的是少年英才，只是至情至聖的感情對我來說永遠只能是一個夢。當我有緣與平實敦厚的外子步上紅毯，張志宏神父卻在為臺灣山地孩子服務中死於車禍，再也不能來參加我的婚禮了。在追思彌撒中，我悲傷極了，遠遠看到喻麗清比我更難過，她本是孄弱、秀逸的身子，看來幾乎承受不了眼前的悲劇，一直痛哭的她是由耕莘寫作班一位女孩子扶著進入聖堂。

婚後，我出國進修，在英國牛津進修期間，我又提筆寫我喜愛的散文，這些客夢零星的篇章，大多發表在《中央》副刊上，據當時的統計，在中副上發表最多文章的是喻麗清，但那段時期，也是我寫作的黃金時代，我不認識那段期間中副的主編，直到一九八四年我有機會回到國內，小民女士才告訴我當時中副主編是位名女記者，她深愛我的文章，我回國期間聽說她已到國外，對茫茫人海中這位陌生的、超越的知音，我無緣相識，我驀然想起，「此曲終兮不復彈，三尺瑤琴為君死。」的悲涼了……

這些往事都過去很多年了，我也逐漸步向生命的中年，但這些人與事都是我平凡平淡生命中迸裂的火花，沒有這一道一道的光華，我一定不會有足夠的勇氣再走在這條寫作的艱辛路上，在我年輕的歲月，「愛情」與我無緣，在創作的歷程中我也沒有幸運，苦苦努力寫了二十幾年，我抱的就是一位「小工匠」的態度，只問耕耘，不問收穫。但對目前我常爲他們寫稿的幾位副刊主編，我仍然心懷感激，在這個文學已被輕貶的時代，這幾位主編仍然有著清崎俊逸的胸懷，願意將副刊的一角留給像我一樣熱愛文學的人，這不只是我個人創作生命中的曙光，也是中國文學史上的曙光。

阿爾卑斯山村每一個季節都呈現奇麗迷人的風貌，春日翩躚的滿樹櫻紅，夏日的黎光霞影，秋日的紅葉，冬日的雪景……但眞正的奇觀是一座阿爾卑斯山峰，巍巍巉巖，嵯峨峰嶂……那曾經在我生命中燃起光華的人，有的已不在人間，有的我無緣相識，有的連說一聲「感謝」也沒有機會……但他們是我心中另一座阿爾卑斯山，在我有生之年必將常回到阿爾卑斯山村過冬季或夏秋的假期，而阿爾卑斯山必會像老友般迎接我……

一九九〇、三、二五《中華日報》副刊

林中遊戲

在模糊的窗玻璃前映出一張閃動的臉，那是一張女人的臉，標緻而又純淨的臉，黑黝黝而且閃亮的一雙眼睛，像日出升起在東方的太白星。

今晨，她起得早，他們一伙人落宿在阿爾卑斯山下，就爲一場狩獵而來。她起身，搖醒十歲的兒子，丈夫早已穿戴整齊，那套獵裝，使他增加幾分威懾，那獵裝樣式還是很傳統的，幾乎是她早年在英格蘭一張古畫上看到的一模一樣。盥洗後，她也換上獵裝，用過簡單的歐洲大陸早餐，就騎馬出發。

林中斜嶺橫翠，林木茂密，滿山滿野火紅的野罌粟，高山上響起清脆牛鈴聲，行獵隊伍的馬蹄聲，陽光落在林中，光與影糾結在一起，遠遠一隻野羚羊奔馳而去，踹碎了一片紫色的山花，「砰」的一聲，一隻山鴙落了下來，彩色繽紛的羽翎染著血跡。

「野羚羊是很機靈的，想打野羚羊可不能用這種方法，你聽那群獵狗一刻不停地嗥叫，早把牠們給嚇跑了，懂得獵野羚羊的就知道在牠出現的地方，先設下陷阱……」

她聽到打獵行伍中有人這麼說，就在此時，遠遠又出現一隻羚羊，就站在一塊岩石上，於是馬蹄聲如戰鼓響起，野羚羊揚蹄飛奔，不一會兒功夫就如一陣風似不見了。狩獵隊伍在山野追逐，寧靜的山野一剎時變成沙草晨牧、利鏃穿骨的戰場……她戰慄了，她恨這種遊戲。

她跟著狩獵隊伍翻越過另一座山野，野羚羊早失去踪影……在山野的角隅，她瞥見一道像修道院灰白的牆垣；一道廢牆，孤立在芒草叢生的林中——狐的巢穴！她腦中閃過一絲意念，她聳鞍振轡，馳馬奔向那道廢牆，就在快靠近牆垣的數尺外，她放慢了腳步，果然不出她所料，那是狐的巢穴，住著一隻灰褐色的母狐與一對小狐。

打獵的隊伍已攀登上陡峭的山道，獵狗吠聲漸去漸遠，獵人的哨子聲也隱沒了，林中又恢復寧靜，懸岩絕壁上面綴滿了高山植物，龍膽花像藍色的絲絨，陽光透過白樺木與赤楊樹正落在狐的母子身上，母狐的眼睛望著她並不閃避，她悄悄搖搖手，動作溫柔得像位慈母，她喃喃地說：「別怕，我不會傷害你們，我是你們的朋友……」

林中的佈景與時間已經轉換，鏡頭疊出，畫面上出現一幢古老的房子，屹立在山野間，門前也開遍了火紅的野罌粟……古老的屋子裡住著童年時候的她和她的祖父母，她父母在一次山難中雙雙去世，她的童年就消磨在這片山野間。

那幢古老的住宅後面緊靠一片濃鬱的森林，林中棲息各種鳴禽、鴞、山鵲、鷹、知更、藍山雀……每逢夜晚，她就聽到夜鶯幽幽切切地鳴唱，就在她小窗前的高枝上。有月光的晚上，她也常瞥見狐，牠們在晚上出來覓食，她的祖母常將晚餐沒吃完的烤雞擱在低矮的窗臺上，母狐領著小狐就來將烤雞叼走，她與祖母偷偷自敞開的窗扉窺見這一幕。在她記憶中祖父母從不傷害小動物，也從不打獵，童年，狐就是她的朋友，牠們叼走那塊烤雞，而將一種極微妙的東西留下：一種靜靜的凝視，一種十分柔和的友愛，一種踟躕流連的腳步……

她的思維有幾分紛亂，一剎那，佈景又調換了，那是巴黎千家萬戶的燈影，大街小巷，人頭鑽動，喧鬧的車聲人聲……有時她沿著賽納河畔林蔭大道閒逛，躲進咖啡座喝咖啡，去看蒙馬特的夜景，進歌劇院，獨自欣賞羅浮的藝術……日久生活在這座藝術之鄉，她已經變成十分時髦的巴黎人，她穿巴黎流行的服飾，剪最新的髮型，買色彩鮮豔的花束，講究名牌香水……可是這一切排除不了她的寂寞，住在豪華的公寓裡，眼前經常映現童年生活的畫面；拂曉時分森林裡散發野薄荷香，野兎在荊棘芒草中穿鑽，崇山峻嶺的巍然，溪谷的壯觀，啁啾的鳥聲，月光下的狐……這重疊的畫面像一座古老的風車，不斷在她眼前轉動……

如果她嚮往鄉間生活，她可以去度幾天假，她丈夫從不反對她做什麼，丈夫是愛她的，從某一個角度來說，他幾乎是寵她的，剛訂婚的時候，他買下昂貴的一件狐裘送她，他開玩笑地說，他是爲她「美貌」下的賭。那件狐裘已經歷十一個寒暑，依舊壓在她的箱底，沒有穿過。每年夏天，陽光很好的時候，她就取出來曬太陽，丈夫嗔怪她，她就推說巴黎的冬天沒有冷到需要穿狐裘……但她也禁不住懷疑自己是否患了心理學上的「情意結」，她對狐有種特別的感情，她不能讓一張張狐皮穿在身上，那一張張的狐皮是多少隻狐的生命換來的……狐、童年與溫柔的情意就漸漸串連在一起，尤其是在「他」出現之後，「他」的女兒與「她」的兒子同在一小提琴班上，每回接送兒子，就遠遠瞥見那道柔和的目光。他長得極爲文雅，有一張希臘男子的臉，光滑得像雕像，他微笑的時候有種屬於山野純樸的美。聽兒子說他是諾曼底的法國人，而她的丈夫老說她是阿爾卑斯山上的人，應該是半個瑞士人，半個法國人，阿爾卑斯山的陽光，阿爾卑斯山的冰雪，給了她特別嬌豔的膚色，她麗質天生……

他對女兒溫聲柔語，他的女兒甜膩膩地挽著他，她下意識覺得那溫聲柔語也是朝著她說的，那種溫柔，那種斯文，與丈夫煩躁火爆是多麼不同的類型。她不記得什麼時候開始，他們也互相點頭說聲「你好！」彼此交換一個溫馨的微笑，或聊幾句天氣、孩子，或談起他的妻子、她的丈夫這類家常話……

有一回小提琴班遲遲沒下課，他就將話題轉了方向，他問她是否讀過法國當代作家亨利・篤亞（Henri Troyat）的作品，她說她沒全部都讀過，但讀過他部分作品，她知道亨利・篤亞被選為法蘭西學院院士，這對文人是極高的榮譽，法蘭西人一般都愛閱讀，不是文學系出身，也一樣有閱讀的習慣，所以談談作家、文學作品也是一般性的話題。她與他談起亨利・篤亞的〈勝景〉（Vueimprenable），主要是他們倆人都讀過這篇作品，亨利・篤亞的風格大致承繼十九世紀一般寫實的筆法，但他創作的主題是描寫現代人的心態，如〈勝景〉的情節是寫一位現代公務人員因厭惡人群，就到巴黎近郊楓丹白露森林邊緣購下一塊地，建了座小屋用來度週末，過著沒有人干擾的休閒假期，最後又對這種單調、無所事事的生活感到矛盾厭倦……

「亨利・篤亞對現代人複雜的心態體會得很深刻，現代人一方面追求單純，但對單純又感到索然無味……」他說。

「我們諾曼底鄉下也有幢房子，我經常與妻子帶著女兒去鄉間度假，那種遠離城市，置身鄉野的感覺真好，有時坐在窗前，傾聽林中的鳥聲、森林裡的風聲……但住久了，就感到鄉野也是單調而寂寞，也沒意思……」他的神色飄過一絲「憂鬱」。

「現代人都有點迷失，或多或少而已，文學作品也只是偏向探討現代人的迷失，卻又不回答問題，根據報上的統計，每年在秋天開始，也就是結束夏天假期之後，法國人自殺的傾向最高，爲什麼自殺？報上說是感到人生空虛，經濟的負擔，疾病帶來的絕望……爲什麼自殺？其實問題比我們想像要嚴重複雜的多……」她靜靜地聆聽，她覺得他談的要比〈勝景〉那篇文章更接近她的心境，她無法回答他的困惑與疑問，她不是智者，她只是這座莎士比亞所說滿是愚人舞臺上的一員……

她個人覺得她更像克萊蒙・雷比底斯（Clement Leipidis）寫的〈安塔露西亞人〉(L'Andalou)，這篇小說寫自從外國人侵佔了西班牙的地中海岸——那美麗的太陽海岸，現代醜陋的建築破壞了傳統優美的海岸，現代喧鬧刺耳的電吉他取代古典民歌的樂器……顏色繽紛的花叢，淡紫色就像彩虹的曙光，頂著風篷的古老風車，牡牛的呼聲，鳥兒的啁啾……都變成一場夢境。安塔露西亞人失去他們美麗的鄉土，她覺得她也失落了些什麼，阿爾卑斯山童年的生活？不，她失落不只是這些，不是這麼單純，她失落了一個人類的夢……

小提琴班下課後，她的兒子、他的女兒相繼走出音樂教室，他們的話題也就中斷了……

整整一年，他們每星期兩次在接送孩子的音樂教室中相遇，他的話題又深又廣，大都觸及現代人類的命運。

「你是位迷人的聽眾，我眞希望我的妻子也能這麼有耐心聽我講話，可是人結婚之後，尤其是相處幾年以後，彼此就不再談人生、宇宙，談哲學或文學之類……」有一回他忍不住這麼說。

「也許她以前也聽你講話，也許你忘記了……」她說。

「也許罷？哦，我想告訴你，我被調到里昂分公司去，我們一家要搬到里昂，這是我的名片和地址，歡迎你與你先生到里昂來……」他從口袋取出一張名片遞給她，她取過名片，驀然間，有一種極傷感的情緒掠過她的心頭，他就要離開巴黎……「他」只不過是她人生行旅中遇見的過客，大家在接送孩子上音樂課時交換了一些人生話題，甚至連「朋友」都不是……

「我們大概不會離開巴黎，如果你和太太女兒路經巴黎，也歡迎到舍下來玩玩，我先生是很好客的……」她也自皮包內取出一張丈夫的名片遞給他，「道別」的場面就是這麼平淡，道別的時間也很短促，音樂課結束後，他又挽著女兒，一路溫聲柔語地走了，她望著一對父女遠去的背影，一陣惆悵……

急遽的馬蹄聲像怒潮洶湧，翻起隆隆聲響，馬兒奮鬣長嘯，打獵的隊伍已轉了回來，她還沒來得及阻止，丈夫的獵槍「砰」然一聲射中那隻母狐的胸膛，母狐躺在血泊中，躺在阿爾卑斯山野間一片火紅的野罌粟中……

「為什麼要殺死牠，牠是一隻母狐……」她嘶喊著，流淌的眼淚，像一條潺潺流淌的小河，穿過陽光和塵土，穿過了樹林、花草，穿過紫色的龍膽花與火紅的罌粟……

一九九一、九、二十《中央日報》副刊

永恆的婚戒

四

鄰居彌拉的女兒瑪妮特別喜愛文學，她知道我是執筆的人，總愛上我這兒來，翻翻我書架上的中文書，我寫的小書。

「眞希望有一天我能讀中文，能看懂你寫些什麼，昨晚我剛讀完莫泊桑的《未婚寡婦》……」瑪妮說。

《未婚寡婦》那故事就在巴拉威城堡一個秋雨的夜晚開場，狩獵的季節已到，樹林裡的紅葉都落光了，那紅葉都在車輪下霉爛，而不是踩在人腳下窸窣作響那樣詩情畫意……

「如果我沒記錯，那故事是寫一位未出嫁的老小姐，手指上繞著一束淡黃頭髮，而牽引出一段往事……」我說。

「就是，那是一個悲劇，莫泊桑小說的題材很特別，不只是浪漫與傳奇，他很會說故事，他是短篇小說之王……」瑪妮才十七歲，文學已在她心裡一片沃土上冒出芽。去年五月的節慶，她借去我一件手工繡花的長衣，她跟同學說：「這是來自東方古國——中國，這件衣服的女主人是位臺灣的作家……」

我對瑪妮有份特別的感情，也許就因爲她喜愛文學，過後，我將那件手工繡花長衣送給她，但據我所知彌拉並不要瑪妮搞文學，她要她當化學實驗師。

瑪妮走後，我任意翻開一本畫册，手就按在高更所畫的〈大溪地姑娘〉不動，在印象派大師的畫中，〈大溪地姑娘〉並沒有給我深刻的印象，我參觀巴黎達賽博物館印象派大師的畫，就沒留意到這幅畫，梵谷、莫納、竇加等人反而更能吸引我。

希臘神話普羅米修士愛人類，將火借給人類，而引來宙斯的憤怒，宙斯的報復是將一位美女潘多拉（Pandora）贈予普羅米修士的弟弟爲妻，這位美女帶了一份嫁妝——一個箱子來到人間。

當潘多拉好奇打開箱子，就給人間帶來災難與不幸，但箱底依然保存一樣美好的東西——希望。

「大溪地」也曾是高更的希望，高更繪畫的風格喜追求簡單的形式，擅長用繁重的線條勾勒輪廓，題材富於幻想，採取是跳躍式的……他早先喜愛布列塔尼農村風味，專在淳樸的人與大自然中尋找美的素材……布列塔尼的農村並未讓高更滿足，他在生活與畫風上力求擺脫因襲一般性的事物，所以，他選擇了大溪地。

大溪地豐富了高更的繪畫與生活，也帶來他的痛苦與災難，女兒的死，債務、生活的壓力使他悲憤地說：「只有死，我才有自由……」「我得不到一片麵包，就用水與樹上的果子來維持生命……」在這種情況下，導致他一八九八年初企圖吞食砒霜，來結束苦難的生命。

潘多拉的箱子依然存留著「希望」，

高更掙扎地活下來，

他沒有繪畫材料，就在牆壁上作畫，在櫃櫥的門上雕刻，這樣完成的大幅作品就是〈生的困惑〉，生的悲壯使高更落筆畫出悲哀與聖潔的生命組曲，而〈大溪地姑娘〉用的純粹是高更獨創的色彩……

「我愛文學，可是我母親要我當化學實驗師，母親沒有錯，人總是要考慮生活與出路，也許我可以找到折衷的辦法，將對文學的興趣擱在第二，譬如說陶冶性靈，當我休閒生活遣興的一種嗜好……」我記起瑪妮有一天對我這麼說，我沒有回答，我不想拂逆彌拉對瑪妮的期望，到底彌拉是瑪妮的母親。

但耕耘文學藝術這片天地並不那麼輕鬆，遺寄性靈，只限於文學藝術的功用價值，文學藝術是要全部的投入，將生命的熱情奉獻出來。沒有一片麵包，只靠水與樹上的果子維生，沒有畫材，以牆壁、櫃櫥的門當成畫幅，從企圖「死」到掙扎的「生」，高更是將生命完全投入他的繪畫中。

而世上不只一位高更、一位梵谷……能讓年輕的瑪妮也投入這樣悲壯的陣容裡嗎？我困惑了！

在參觀印象派大師博物館後那個黃昏，我與女兒漫步塞納河畔，那一帶大小皇宮、羅浮宮、達賽博物館，像童話故事裡的古典建築、浮雕、塑像……印象派大師朦朧氛圍，繽紛色彩也浮在我腦中，加入這瑰麗無比美的陣容，是什麼在左右這個世界？政治？權威？還是美的力量？身在巴黎，身在藝術之都，你一定會選擇最後那個答案。

美是一種超越，這世界愈來愈需要美，在異化、空虛、孤絕的現代人內心，「美」擔任了救生的使命。

我斷斷續續記起莫泊桑《未婚寡婦》的一些情節；那故事中未出嫁的老姑姑，在她如花少女時代，天眞而又無心醞釀了一份感情，她眼看一位少年爲她而死，就終生不嫁，將那綹她在他死後要來的淡黃色頭髮纏在指間，當成「永恆的婚戒」……

那故事就像腐爛在車輪下的秋葉，

在狩獵的季節，成了獵人晚餐後的話題。

可是，短篇小說之王莫泊桑又是運用怎麼一種美的激情，去塑造老姑姑的角色？美的創造過程就是老姑姑纏在手指間那綹愛人的淡黃色頭髮——永恆的婚戒；那是需要生命全部的投入。

一九九二、六、四《中華日報》副刊

現代婚姻的故事

水晶玻璃雕塑的藝術品

希臘悲劇家索福克利斯說：「奇異、不可解釋的事不勝枚舉，但比人更奇異、更不可解釋的卻沒有。」

派西是研究心理學的，她更是一位現代婚姻問題的專家，她辦公室堆著一疊疊檔案，「每一個檔案都是令人惋然嘆息的婚姻故事。」派西說。

「不管是離婚，或保持婚姻的現狀，現代婚姻面臨著許多孤絕與刻骨銘心的愴痛……」

派西的檔案是不能翻閱的，職業道德和私人的尊嚴讓那堆積如小山的檔案，永遠隱藏它的神祕。派西當然也不會向任何朋友透露她檔案中的情節。

不是來自派西的檔案，當杜若蘭與楊衞宣佈離婚時，朋友都楞住了。

楊衞與杜若蘭婚後客廳裡就掛著一幅題辭，楊衞寫得一筆挺秀的字，他引了莎士比亞的話：

愛是亙古長明的燈塔，

在暴風雨中屹立不為所動。

兩人結婚之初，經濟條件不好，楊衞出國深造時，杜若蘭白天教書，晚上還兼家教，待楊衞學成歸國，在一家公司當上副理，就父兼母職，白天上班，下班後照顧孩子，料理家務，鼓勵杜若蘭進研究所，唸碩士。

「在困苦中我們一直互相勉勵，沒想到如今我們經濟穩定，一對兒女也很上進，家中一無所缺，竟發現兩人再也不能相處了……」楊衞鎖著雙眉，五十歲不到已是鬢髮如霜了。

杜若蘭一遇到朋友問起他們離婚的事就有意避開，她去了一趟北歐，對斯坎底那維亞讚不絕口，朋友私下說她是到地球極北的地方去療治婚姻的創痛。

「杜若蘭是位有才有德的女人，所有事都不能怪她，但婚姻的悲劇一直在醞釀中，我們常爭吵，爭吵過後就互相道歉、互相寬諒，期望雨過天晴，但命運實在戲弄人，竟將兩個性格意見這麼懸殊的人結爲夫妻……」楊衞說。

「楊衞是値得人尊敬的，他事業成功全靠他鍥而不捨的努力，但婚姻是一件水晶玻璃雕塑的藝術品，是很容易破碎的，夫妻一旦說出互相傷害的話，那創口就不容易痊癒……」杜若蘭終於說出她的心事。

「我和杜若蘭現在還是朋友，並不因離婚而變成仇人，我們有時還見面，共進晚餐，互相關懷彼此的將來……」楊衞說。

水晶玻璃雕塑的藝術品一旦砸破了，就碎成一堆水晶體，再難修補了，我想。

雖然巴黎已是花時，鶯飛鳥囀，陽光豔麗極了，我的心仍然沈沈的……

黑桃皇后

不只是在十六世紀法國散文家拉布雷的筆下，發現那種雋永、飄逸、遊戲文章的調調，在莎士比亞筆下也經常將那嚴肅的人生舞臺，披上喧囂、諧謔、嘲弄的風格……

「穿上法律毛皮的貓」是句帶刺的嘲諷，

「黑桃皇后」就不是那麼單純的打諢語。

陳芸爲什麼被冠上黑桃皇后的雅號，令人不解。人將世間的色調都調混了，紅色桃心像玫瑰一樣象徵愛情，而黑色桃心又象徵了什麼？

陳芸一直是位皇后型的人物，她的才幹、能力、自信，使她顯得特別出眾，相形之下，她的另一半宋一凡就儒雅得多。

陳芸與宋一凡這對夫婦也一直是人們所敬仰的，宋一凡是位知名度極高的畫家，陳芸在科學界被稱為小小的居里夫人。女強人在家庭中一樣相夫教子，陳芸對宋一凡不能說不體貼，回到家裡褪去女強人的外衣一樣下廚做羹湯……

宋一凡有他藝術界的朋友，經常相聚，他們談藝術、談人生、談繪畫風格……這些陳芸全不感興趣。有一回這些朋友談到安格爾（Ingres）的〈泉〉，在藝術家眼中，這是表現人體美的最高境界，這幅現存於巴黎羅浮宮中高一六八厘米的畫，畫出手托古瓶的裸體女子，充分顯示安格爾對造型美的追求，陳芸還大大斥責宋一凡這群朋友言談有失禮儀……

相反的，宋一凡在知己的智慧之聚中獲得共識、讚賞，這都不是他與陳芸的婚姻生活可以取代的，當衝突裂痕逐漸在兩顆心靈鐫刻上印跡，昔日兩性情感就失去魅力……

「人為了尋求溫暖，尋求共識才組織家庭，沒想到我與陳芸內心的距離愈來愈遠了……時代的變遷，改變人類的型態，在社會上像陳芸這類女強人，貢獻出智慧、才華，對社會建樹也是滴水成河，不可藐視的。我和陳芸相處就得不斷想她的優點……」宋一凡說。

「宋一凡是畫家」，有藝術家的個性我還能接受，但在宋一凡心中，我比他那群朋友還不重要，我就不能接受。我在社會上有地位、受尊重，但對宋一凡我是完全盡了妻子的責任，我照顧他不能不算無微不至，我本來以爲我們一直是人們所羨慕的人間知己，可能我們表面上也故意做出一對幸福夫婦的模樣，其實是在欺騙自己……」陳芸說。

「我和陳芸不會輕易離婚，反抗命運與接受命運都一樣需要勇氣，何況結束了一段婚姻並不一定是痛苦的結束……」

如何尋求婚姻的共識美，理論一定很多，可是當你我也扮起陳芸或宋一凡的角色，就不輕鬆了。

熄滅的燭光

尼德蘭畫家布魯蓋爾引用希臘神話故事的素材畫了〈墜落的伊卡羅斯〉。

神匠戴達羅斯和他的兒子伊卡羅斯被雅典人放逐後，就帶著他的工具漂流外島，他爲米諾斯國王造了堅固的鐵牢，囚住怪獸米羅圖，引來了怪獸的躁吼，使米諾斯國王大怒，下令囚禁神匠父子，在被囚期間，戴達羅斯發明了飛行翼，飛出牢獄，父子重獲自由……

戴達羅斯與伊卡羅斯趁東風飛行，在西西里上空，時辰已近中午，陽光炙烈，父親不斷叮嚀兒子要讓翅膀冷卻，不能往高處飛，因飛行翼是用蠟固定在肩上……

但伊卡羅斯年少氣狂，一心只想高飛，得以追隨太陽神的天馬驛車……

少年肩上的蠟融化了，飛行翼脫落，他墜入無情的波濤大海中。

現代的婚姻已不是地久天長那類的盟誓可以牢固的，伊卡羅斯肩上飛行翼是用蠟黏固的，婚姻的誓言也是蠟，高處不勝「熱」！

雲母製成的珠屏，夜燭已深，

迢遠的天河，曉星已沈，而碧海青天，冰冷的簟席，總是難以再入夢……

任意揮霍美，在美學上不算犯忌，婚姻之美，卻不可任意揮霍。

潘曉薇和朱志華剛步入禮堂，親友們都視他們如一對璧人，天造之合……二十年後，在紐約街頭再見到他們，已是那麼無奈……

他們的婚姻已屬長流逝水，再也不會回頭，他們都各請了律師，就等待這段「往事」的結束。

據朋友所知，潘朱二人也各有了自己的朋友，那不是婚外情，而是在他們婚姻結束之後發生的情感。

「她的外表一點也比不上曉薇，但與她相處總感到溫暖溫馨，中年男子像我們這類人經歷了婚姻生活的無奈，再也不會愚蠢像少年時代，一心一意追求貌美如花的女子，那畢竟是浮雲流水一場……」朱志華向朋友透露。

「他，比志華年長，性情好，待我眞誠，而且與他相處時我快樂，不論我們談什麼，一起逛街、吃小館子都是那麼高高興興的，而我與志華多年的相處都是在冷漠相對中度過……」

夜已深，燭光也熄滅了。

潘曉薇和朱志華在他們生命中都各點燃了另一盞燭光，「希望那是一盞長明的燭光，永不熄滅。」朋友都爲他們祝禱。

一九九三、四、二八《新生報》副刊

反舌集

擇善固執？

世間有種人固執無比，如果這人迷上「道」，道家認爲吃靈芝可以長生不老，這人必然遺世玩道，絕粒茹芝。

如果你與這人談文學，他必堅持以描寫大自然山水爲對象是自晉末宋初山水詩人謝靈運開始的，如果你引孫綽的〈遊天台山賦〉已表現寓道於山水，將佛道思想托付山嶽神秀——天台山，而孫綽的年代要比謝靈運早，他必以「哂夏蟲之疑冰」的態度對你嗤之以鼻，你也只好認爲自己是條夏天的蟲子，從來沒見過冰天雪地的大場面，否則一場不太溫和的辯論就要揭幕了。而且爲了維持友誼，最後道歉認輸還是你。

這類自認擇善固執的人從來不願意懷著幾分裁雲補月的心情去面對人間世事，他們的完美性是無懈可擊的。一般社會上所謂的危險人物都是鋌而走險的人，誰也沒想到自認永遠是對的人也帶有幾分危險性。

「擇善固執」這個「善」字一定要相當客觀，絕對的肯定，否則就易演成擇惡固執的下場。

宇宙行星的運轉都是相輔而不是相剋，人際社會關係也靠「忍」與「容」，能容忍、能寬容必然會見到一個更和諧的社會。

當我們擇善而固執時，不妨先替對方想想，他們也是擇善而固執，聖人都是仁愛兼容的，那才是我們的圭臬。

政爭

美國早期有一連串的政爭。

新獨立的美利堅合眾國在政治上該選擇怎麼樣的方向，是傑佛遜那樣一種全民政體與時代精神？還是彌爾頓合乎邏輯化的組織？由於法國大革命爆發，使傑佛遜站在更有利的地位……

就是早期希臘伯里克利時代，這種政爭也是存在的。伯里克利是位豁達而超越的領袖，他熱愛一切高尙優美的事物，也反映到他的時代與「雅典」這座美麗的城市。但就在他遠征失敗後，詩人克萊翁就以控訴的詩句，諷刺他誇耀自己的勇敢，其實他聽到刀劍的聲音就要發抖……結果伯里克利丟了統帥的職位，並被科處罰金……

在民主自由的國家，在決定一樁政策性的大事，不同的意見和看法必然是有的，只要在愛國的立場上殊途同歸，就更能引導全民走向民主。但不論怎樣的政爭，絕對不能存有敵對與仇恨的心理，禮遇賢士，謙沖寬厚，才是仁者的表態。

在早期的希臘，戲劇家、哲學家在宴席上也有所謂的智慧之爭，譬如一次宴席上希臘喜劇家亞理斯多芬與蘇格拉底的見解就不同，但那種爭論仍然是溫和的，是通向智慧高峰的爭論。

「政爭」如果是溫和的，如果解釋爲通向民主、通向愛國高峰的爭論，就自然會減少負面的損失，而增加肯定的價值。

「取」「捨」之間

伏爾泰一向對權貴態度不太恭維，但卻欣然接受腓特烈大帝的贍養金，如果人們指責伏爾泰「表」「裡」不一致，不知他會不會搬出孟子與學生彭更的一段對話來回答？

彭更因孟子經常身後跟隨幾百人幾十輛車，從這國吃到那國而對老師提出質疑，孟子回答很中肯，他說：「如果不合乎情理，就是一筐飯也不能接受，如果合乎情理，虞舜承繼唐堯的高位也不算過分。」

取與捨之間原來也有一番大道理，也需要剝繭抽絲，細加思索。

除了金錢，現代人面臨取與捨的困惑範圍極廣，譬如婚外情，是取乎？是捨乎？這就要考慮是否合乎情理，以自己歡樂建築在別人痛苦上，造成別人婚姻的破裂，於情於理都不應該，就要選擇「捨」字。但就已經發生感情的人來說，分手必然是悲傷的，社會道德標準，人言的可畏，對這對沒有名分的情人更易形成壓力，如何採取比較合乎理性的解決方法，儘量避免造成悲劇與人身攻擊，才是理性的現代人該走的路。

我們今日的世界其實並不悲觀，世紀末的低調是有的，而處處仍然是一片生機，舊有優美的傳統並不完全失落，更可貴是經過長久，從不幸歷煉出來的智慧、經驗，讓人類懂得在處理事情上採取理性的態度。

哲人之死

柏拉圖八十一歲參加一對年輕朋友的婚禮，酒過三巡，婚禮的氣氛突然變得喧嘩喜鬧，這位老哲人一向在清幽環境中靜思冥想，就有點不堪這樣的場面，他離開宴席到鄰室睡午覺。卻一覺睡入永恆的夢鄉。

世間的紛爭喧囂不再能驚動他，

他已脫下凡胎俗體……

像當年他向撒拉久斯國王戴翁尼撒斯傳授政治哲學而遭到死刑的回禮，後雖免除死罪，卻被賣爲奴，這樣的屈辱也不會加在這位老哲人身上了。

在今日的世界，「哲人之死」更是一句諷刺，哲學是冷門科系，哲學不能用來換取三餐解決溫飽，一般人也不採取哲學的思維方式，甚至文藝作品也少涉及哲學，知識界對尼采、叔本華、黑格爾、康德雖不算陌生，但對托姆斯、阿圭那、笛卡兒、史賓諾沙、蒙田、柏格森、喬治山大亞那等就很少提起。

在哲人身上可以發現類似文藝復興時期的流風餘韻。柏拉圖在弱冠之年，追隨六十二歲的亞理斯多德，像其他希臘學子，尊奉這位聖哲爲師，走進智慧的殿堂。阿奎那在海濱遇見過著托鉢僧一樣生活的法蘭西斯，就立志選擇一條聖哲的路。喬治山大亞那在哈佛唸書時喜歡看足球賽，和文士聊天，卻將大部分時間消磨在讀書上……神遊古代哲人的寰宇。笛卡兒晚年爲冰雪女王——瑞典的克麗斯汀榮召，到瑞典皇宮傳授哲學，他以老邁體弱之身面對酷冷寒冬，每日黎明就到宮中與這位文才武功都超人一等的克麗斯汀談論哲學，最後死於北國……

哲學開啓了智慧之門，

教導人獨立思維與以理性評斷事物的方式，是科學的先驅。

同時也超越了人間生老病死，

哲人其實是不死的。

一九九二、六、十九《新生報》副刊

自吉爾西與克爾尼西島歸來

波特萊爾曾寫一首詩歌頌維納斯的故鄉「希婕島」，畫家渥都卻運用調色板上的繽紛色調；陽光下希婕島的航程是青鳥展羽高飛……可是秋意正濃，在航向美神的故土之旅中，人們嚮往的「有著藍色天空與大海的美麗小島」，眞的存在嗎？再細心瀏覽這幅畫，你就會想到蘇格拉底的一句格言「快樂與痛苦不會同時來到」，但當你追求其中之一，並深深體驗，必然要同時接受另一面，它們是兩個軀體接受一個大腦的指揮。

來到位於英法海峽之間的吉爾西與克爾尼西島，陶淵明筆下：「忽逢桃花林，夾岸數百步，中無雜樹，芳草鮮美，落英繽紛……」那樣的美景，就展現在眼前。

吉爾西（Jersey）與克爾尼西島（Guernesey）是英國傳統化的諾曼地，雖然它不屬於諾曼地，也不屬於英格蘭，這兒的居民是克爾特人的後裔，他們將家當成一座縮小的古堡，而且熱愛園景設計，說眞的，他們都是師出無名的園景設計師。

法國的蒙塔嘉市，有一部分街道延伸到布內亞運河上，這裡不但流傳中世紀忠犬爲舊主伸寃的傳奇，柏萊塞、柏拉西公爵的名廚所做的小吃糖杏仁，與水上街巷，也爲人津津樂道。而吉爾西與克爾尼西島的生活是那麼多彩，你可以在蔚藍的岸邊欣賞懸崖絕壁的勝景，沿著沙岸騎馬聽濤，夜晚在昏黃燈影中與熱情好客的客棧主人談百年老屋的鬼故事，享受美食，品嚐名店特別烹飪的龍蝦和燻鮭魚……欣賞鮮花博物館，徘徊流連雨果住過的 Hauteville House，尋找純文學的靈感……

法國友人佳紅剛從吉爾西與克爾尼西島歸來，她似乎仍然陶醉在海浪、鮮花與美食中……海風與陽光將她膚色染上赤銅，她看起來不再那麼蒼白憂鬱。

「我去吉爾西與克爾尼西島是爲了治療我的憂鬱症……」佳紅在大學裡學的是哲學，職業卻是 Dial 這家公司的女祕書，和先生分居多年，女兒最近又遠嫁芬蘭，她形容自己只是一部打字機，爲了分期付款的房子、汽車、生活瑣碎負擔，而不停工作。

「在島上度假的時候，我眞的以爲自己找到渥都筆下的希婕島，可惜就那麼短短幾天，但島上歡樂的氣氛留給我很深的印象……說來奇怪，回來後，我就不再那麼討厭這份祕書工作，也不再爲女兒的遠嫁，生活的孤單寂寞而黯然神傷。」

我爲佳紅的轉變高興，記得有一回我們談起「超人哲學家」尼采，當尼采在戰爭中看盡了人生殘酷的畫面，就對古聖先哲所謂「生命、永恆、光榮」有了懷疑，戰後，他辭去教席，住在瑪南班特山區，那寧靜山村之美，再度陶冶了他的性靈，激起他智慧的火花。他閒步山中小徑，仰視層巒聳翠，俯瞰地中海的一片湛藍……他沒寫出如王勃在〈滕王閣序〉裡「烟光凝而暮山紫」那樣的佳句，他潛心思索人生的謎題。

「人生的悲喜歡憂，生活中的孤寂與磨難，有時也無法逃避，與丈夫分手後，一直和女兒相依爲命，如今又得面臨女兒遠嫁的事實……但我不再逃避，我已逃避了很多年，覺得當個小祕書不得意，婚姻不幸福，害怕唯一心愛的女兒會離開我，當我開始接受現實，就發現生活不是那麼絕望。我計畫將來去芬蘭探望女兒，也遊歷北歐，我也常去探望分居的丈夫，如今他一個人住在療養院裡，他患了『早老性癡呆症』……我也不再鄙視這份工作，有這份固定的收入，才能維持生計，才能維持一個人基本的尊嚴。」

我翻閱在吉爾西與克爾尼西島拍的舊照，想的不是島上四星級旅館，有勞斯萊艾斯專車接機的場面，也不是人間天堂的勝景，我想的是，一心提倡超人哲學的尼采，他歌頌主宰宇宙、統轄天地的強人哲學，而人間又比比皆是逃不出「宿命」圈圈的小人物，他們長夜掙扎，最後不是急於爬上生命的顛峰，反而是懂得在極有限的生存空間裡尋找「希望」。

一九九三、五、二一《中央日報》副刊

五位法國當代女作家

在床邊，母親也不一定要選擇《天方夜譚》或「水手辛巴達」的故事，那些當代女作家筆下的優美篇章，一樣能啓發孩子的早慧，詩、散文作品也可用耳傾聽，當優美的文字被吟唱出來，也如豎琴彈出美的韻律。這裡所寫的五位法國當代女作家，精神上是較接近精緻的象牙雕刻、水晶磁器、野草潤花……

閃亮的海

奧林匹亞・阿伯蒂生長在尼斯，她第一本書《喝醉酒的花樹》，背景就是風光如畫的地中海，她又寫了《銅河與珠河》……外省（指巴黎以外的地區）也出現在她小說中，她的文字極富詩意，境界很高，是中學的法文老師，先生是英文教師，住在尼斯一幢公寓裡，大女兒已十九歲，小女兒也十二歲了，而她依舊典雅動人，她愛海，也喜歡海泳。

「海最美的時間是十九點到二十一點之間，天是玫瑰色的……」城裡人喝下午茶，也觸動她寫散文的靈感，在海泳中她想的是英國人悠閒的散步……

夕陽西沈，晚星已現，
黑夜來得那麼突然，
海面，遠遠傳來風的低鳴，
有一艘魔船疾駛而去……

——譯自柯爾雷治〈古舟子吟〉

對一位蘭心蕙質的女作家來說，世界永遠是豐富的，大地有挖掘不完的文學素材，她能看到〈古舟子吟〉讓詩人留下絕句的「魔船」，她有想像力，情感眞摯，文字隱含意象的美……

多年前我漫步牛津古城淇薇爾河畔，看到一株冷杉半躺在水中，那種美至今還讓我心頭震顫，我似乎看到希臘神話那些全是「半神半人」的神仙，我想奥林匹亞・阿伯蒂也是這樣「半人半神」的人物。

奧林匹亞・阿伯蒂有十四年住在他鄉，一九八六年她又回到尼斯，她曾夢想當攝影師，沒當成攝影師，卻成了攝製人間至美的女作家，十年中出版了九本書，包括詩、小說、散文。

她最愛一九二〇年代的古典林園，她形容它是「神仙的花園」。

「美」提昇了她，她的筆是一枝揉碎在水星手指間的筆。

布貢尼的神仙

封斯瓦・拉菲薇，她穿著黑衣，留著捲曲的長髮，人說她像女巫。

她毅然離開深門大宅去住里爵，她寫了不少書，如《野蠻小王子》等，喜歡帶朋友去喝酒，聽音樂，喜歡夢想，觸摸教堂冰冷的石建築……

只要一杯酒，她就能找到靈感活泉。

「酒使人快樂，對我來說，沒有酒就沒有生命的活力，在酒中我會找到美的句子，酒也使我酣然入夢……」她家的酒都是直接向酒廠購買的，先生是醫生，也以筆名寫作。

帖木兒時代的蒙古帝國統治了波斯，這時期最負盛名的詩人是赫菲茲，關於他還有一段傳奇性的故事，據說，他遇到一位老者，給他吃了仙物，從那時起他接受詩才與知識寶庫的鑰匙……其實所謂詩才與知識也是來自努力，幼年為生活早早就出外謀生，仍不忘利用閒暇上學進修，他除歌詠春天、花朵、女人、夜鶯，也寫「酒」：

高舉盛著紅酒的砵，
這裡面廳堂寬廣自由，
聖人與酒徒不分彼此，
農夫尊居帝王的高位。

——譯自赫菲茲的詩句

赫菲茲的「酒詩」一定少不了封斯瓦・拉菲薇這位知己，當雞尾酒宴結束，酒店大門也關閉了，愛酒的人徘徊在深夜街燈下，依然是玫瑰蓓蕾飲醉了春天的甘露……

除了酒，她也熱愛音樂，里爵知名小提琴家瑪利貝荷是她的摯友，聽她演奏，才華橫溢的封斯瓦・拉菲薇就燃起寫書的靈火。

布列塔尼的垂釣者

賓諾·古魯德的祖父自小就教她釣魚，也教她寫書，《文學》一書就是遵照祖父的意願寫的。

「我在布列塔尼就是單純的釣魚人，不再是作家，但布列塔尼一向是我寫作的題材……」她不像一般遊客只將釣鉤拋向水中就等著魚兒上鉤，她收集魚餌，並擁有一艘小遊艇，和夫婿結婚四十年，他也喜歡釣魚，同時也是作家。

這把槳，
這隻籃，
擱在比拉貢·曼尼考的墓上。
使路過的人看到，
一位漁父所有的財產，
竟是這麼少。

——選自莎孚詩句

賓諾・古魯德並不是職業性的漁夫，她以垂釣爲樂，她在耶城一住二十年，日子總是充滿了歡樂，布列塔尼的霏霏細雨永不淋濕人，布列塔尼的婦女都是好園丁……

在散步、玩遊艇，在湛藍的海上聆聽海鳥的叫聲，看海的潮起、潮落，賓諾・古魯德的心靈翱翔海天大地間，縱然沒有「清醴盈金觴，肴饌縱橫陳」，過的也是自己營造的歡樂王國。

花與文字共舞

她是熱帶型的女子，捲曲的髮，纖瘦的身段，祖籍西班牙，黑髮黑眼珠……

她特別喜愛一種藍白小花，

在她思想裡，花與文字共舞。

安・巴龔斯寫了十四本書，寫散文，也寫小說，成名著《安妮巴》敍述一位愛花的小女孩，她的父母想收養一孤兒，幾經波折，小女孩接受這位孤兒……故事情節雖簡單，情感卻挺細膩。她也是位書評家，也評論自己的著作。

對安・巴龔斯來說，「書」的地位與「神」一樣崇高，從她開始唸書就立志成爲作家，家中沒有藏書，只有一部小字典，祖母也不識字，還是安・巴龔斯教她識字。她自幼嗜書如命，一有書就手不釋卷，家人都怪她只顧唸書，不做家事，在苦難時期，書就是她的避風港。

山麓間是野生的風信子，
牧童的腳踐踏它的花瓣，
遍地飛揚起紫色霓裳。

——譯自莎孚詩句

三年前她來到這座兩千六百人景色幽美的小鄉村——聖傑里葛，在星期二上午的市集，她喜歡買到熱的山羊乳酪拌生菜吃，她也經常在汐汶的國家公園漫步，對她來說皇宮也是一座大花園。她不熱中巴黎的繁華生活，她愛陽光大地、讀書寫作與園藝生活……

古波羅神祕詩人路爾說：「身體不是火和水所造，不是塵土與朝露所凝成。」

安・巴龔斯也活在一個平凡的，而又超越的世界。

巴札蘭的棉花樹

阿坤廷是她的故鄉，

三角形葡萄園是她小說的背景。

在米雪·貝哈的小說，如《巴札蘭的棉花樹》、《嘉洪的醉漢》中，她讓我們看到一個世界，那世界是水、大地、岩石……水生養花樹，泥土豐潤草木，岩石建築典雅的教堂，教堂裡住著古聖人的靈魂……

嘉涗產鰻魚，鄉人的房子依湖而建。

「我童年時代單騎沿著湖畔漫遊，現在則駕車前往，三百年前，我祖先的踪跡已遍布湖畔……」

美國哲學家杜雷說：「我們的先祖還以石斧在林中交戰的時代，中國人就能讀他們祖先的智慧。」

世界這本書早已開卷，

在人民吟唱荷馬的〈伊里亞特〉和〈奧德賽〉，

在柏拉圖記下他和老師蘇格拉底最後的對話，

印度在西元前一千年就有宗教哲學，然後是兩大敍事詩〈瑪哈巴拉泰〉與〈拉瑪耶納〉……

一九七八年米雪・貝哈遠行十八公里，穿越從赫歐鄉村到聖菲爾，她極愛十一世紀的建築，她還參與整修一座古修道院的工程。但在遠途漫步中，她一定也會追溯那淵源流長的「書」——智慧之旅。

一九九二、十一、四《中央日報》副刊

天地逆旅中的文學過客

——記「歐洲華文作協」與蘇黎世大學聯合舉辦的國際文學研討會

序幕

「歐洲華文作協」與蘇黎世大學在瑞士伯恩市聯合舉辦國際文學研討會，於七月十七日上午九點三十分準時揭幕，「歐洲華文作協」會長趙淑俠以中文與德文致歡迎詞，這位被眾多文友喻爲風華絕代的名女作家，她的一枝筆描寫是人類內心的夢，她筆下的情感像大理石雕塑，美得十分理想化。在生命五光十色的玻璃殿堂中，她記下一個個凋零的夢，不論是《我們的歌》、《落第》或《賽金花》……每一個夢都是一首《詩經．召南》的餘韻。她是著作等身，已有二十餘部作品問世，她的讀者是國際性的，並有多部作品翻譯成德文。

趙會長以文學沒有疆界爲開場白，並對在場的國際知名作家一一介紹：Mrs. Eveline Hasler 爲當代重要女作家，作品被翻譯成多國文字，現任瑞士全國作協理事。Mrs. Katherina Von Arx 爲當代著名小說家，現任瑞士 Olten 地方作協理事。

Mrs. Lilly Ronchetti 爲當代名女詩人。Dr. Serge Ehrensperger 是瑞士著名小說家，現任國際筆會瑞士分會副主席，曾於民國八十年應邀訪華。

Mr. Antonio Porpetta 是西班牙當代名詩人，他介紹了西班牙詩壇現況及其對中國詩壇的認識。Mrs. Doris Flück 是瑞士女畫家、詩人兼出版家，曾應中華文藝界之邀訪華。Miss Rita Baldegger 是蘇黎世大學中文系研究員。Mr. Roual Findeisen 是蘇大中文系助教。Mrs. Miriam Schutt 是蘇大中文系博士班研究生。Mr. Grunberg 是蘇大中文系學生，Mr. Andreas Balemi 也是中文系學生。Mr. Chritopf Duhn 是瑞士導演。

駐瑞士代表劉洋海先生謙沖敦厚，彬彬君子，他在演講中特別讚揚趙會長對促進與發展華文文學有諸多貢獻，這位大使級的人物語重心長地說出在歐洲拓展華文文學的艱辛，他極力鼓勵將中華文化介紹給文明水準極高的歐洲人，目前臺灣也與瑞士蘇黎世大學、日內瓦大學簽定協定，提供獎學金、書籍，在推展中華文化方面匯河成海，不容忽視。

「世界華文作協」總會祕書長符兆祥，本著熱愛中華文化的情懷，將全世界有華人的地方，以華文創作的作家組織起來，「世界華文作品」於一九九二年十一月在臺北隆重成立，這種艱辛無比、任重道遠的工作只有他這樣具有非凡毅力的人才能達成，他的講詞沒有浮華的辭采，句句出自肺腑，令人熱淚泫然。

臺北貿易辦事處主任陳瑞隆先生因公務無法出席，由陳建邦先生代表致詞，並以晚宴款待「歐洲華文作協」會友與貴賓。陳建邦以流利英文作簡短演講，對「歐洲華文作協」會員給予諸多鼓勵，並對這次舉辦這麼有價值、有意義的文學講座給予支持與肯定。

帝王的饋贈

巴格達王曾經贈送查理曼大帝一座水鐘，那是帝王送給帝王的禮物，參加這次文學盛宴，我所受的饋贈並不遜於帝王。

我懷著彌爾頓去觀賞名劇的嚴肅心情赴會：

再次去到我熟悉的劇場，
就如穿上湯遜博學的襪，
或如想像之子，天才的莎士比亞，

唱起故鄉寫的歌調。

十點十分，「歐洲華文作協」會員德國烏爾姆大學語文中心教授郭名鳳教授以「當代華文文學在歐洲的發展」開始德文專題演講，這位才女以動人的德語講辭、學養與風度令在座來賓深深驚讚，她是這一代年輕而優秀人物的典型。她提出當前華文發展的三個問題：㈠只注重古典文學，現代文學長時間被忽略。㈡政治因素影響對華文文學的興趣。㈢語言及專業知識訓練不足，導致翻譯的錯誤……娓娓道來，精深而有見地。

蘇黎世大學中文系研究員 Altenburger 先生，代表高士曼教授祝賀大會成功，他是年輕的學者，對有些文學選集沒有收集歐洲華文作家的作品提出個人的意見，文學是屬於世界性，若作者不包括歐洲，未免有門戶之偏見。他對歐洲華文作家面對不同的語言與生活形態，以動人的散文寫出個人心路歷程表示讚許，同時強調散文在現代華文文壇舉足輕重。蘇黎世大學一向重視中國古典文學的研究，今後蘇大將會培養更多專業文才將歐洲華文作家優秀的作品翻譯出來，以饗歐洲讀者，他最後強調這次「歐洲華文作協」與蘇黎世大學共同舉辦國際性文學研討會是一座文化交流的橋樑，他的演講贏來如雷掌聲。

午宴由駐瑞士代表劉洋海暨夫人宴請，氣氛優雅而美好。

下午兩點到六點半正式展開文學研討會，參與研討會有瑞士及西班牙等國家的作家及學者十人，蘇黎世大學東亞研究所中文系師生十人，歐華作協會員二十人，臺灣與其他文藝團體代表多人……

在群星與大地之間

人們喻寫〈希臘甕頌〉、〈秋之歌〉、〈夜鶯之歌〉的濟慈是大地，他不像雪萊住在群星之間，他的豎琴彈唱是大地音符，「美就是眞，眞就是美。」

「歐洲華文作協」新任副會長祖慰，寫散文時是住在群星之間，他的辭采相當華麗，當他執筆寫小說就是屬於大地了，不但求眞，還將眞給予赤裸裸的剖析，這位中國怪味小說的巨匠還是位男高音，當他唱起民歌，人們說他的歌聲像阿波羅一樣優美……

今年五十六歲的祖慰被喻爲中國當代最有學問的人之一，他嚴肅如秋天、溫煦如春天，除了文學這座華采的殿堂外，祖慰的知識極爲淵博，科學、建築、哲學、美學、動植物學、倫理學……他涉獵極廣。

曾連獲四屆全國優秀報導文學獎的祖慰已出版十餘部著作，今天他的講題是「報導文學在中國」，他旁徵博引自美國哲學家 P. Wheriwright 象徵語言是超邏輯的語言，德國報導文學始祖蓋奧爾格、弗爾斯特爾的《萊茵河下流》、《環遊世界》，美國作家諾曼・梅勒的《美國尋夢》談起，並從名詩人梅新主編的《中央日報》副刊獲得實證，證明現代文學能在報導與文學雜交中復活……

在結束「黑天使」奇案，福爾摩斯和華生在黑夜中徒步走向蒲留村；在途中，大樹枝椏交叉，路上映下皎白閃亮的條紋，和暗黑的陰影，鹿自蕨類植物的樹叢中窺視他們……

「華生，如果我說今晚想漫步在蒲留村修道院的廢墟中，你一定不會說我是情感虛偽的人，這所修道院曾經住過那平靜地活著，平靜地死去的人……」

從以上這段優美的散文白描，可知推理小說也必須具備文學技巧，柯南道爾創造了福爾摩斯而享盛名，這位被稱為「東方福爾摩斯」的推理小說家余心樂，清瘦外形下隱藏豐富、詭祕、知性的內涵，那就是余心樂的魅力，也是他今天的講題「詭謎心竅：偵推文學的魅力」。

斯堪地那維亞有許多文學天才，以丹麥來說，丹麥的何爾貝爾的諧謔是舉世聞名的，Pader Paass 是丹麥的機智，也是丹麥的古典，還有丹麥最偉大詩人厄倫斯雷葛，他承襲了歌德與席勒的天才，他被瑞典詩人滕銳爾冠上「斯堪地那維亞民謠之王」。被稱為「丹麥的約翰・梅斯菲德」是詩人戴拉赫曼，他是描寫海的高手，就諾貝爾文學獎得主小說家寵托比達，他的小說 *Lgkke-Per* 也美如敍事詩。但最令人傾倒應該是安徒生，他搭乘他童話的飛艇，飛越過斯堪地那維亞，飛向世界每一個角落，只要有孩子的地方，就有安徒生童話……

尋求「天地逆旅，人生過客」中的永恆

來自丹麥的池元蓮就有一種很特別的風格——斯堪地那維亞風格，她很有語言天才，一口漂亮的英語，機靈的反應，包括像斯堪地那維亞詩歌般的手勢表情。

英國詩人蘭德在七十五歲時爲自己寫下〈生辰頌〉，他說：「我愛大自然，次於大自然，我愛藝術，我兩手在生命之火前取暖，當生命之火熄滅，我就準備起程。」

當趙會長要我以英文講「古典中國的散文」時，我腦中驀然跳出蘭德的句子，我決定將李白〈春夜宴桃李園序〉譯入講稿中，「天地者，萬物之逆旅，光陰者，百代之過客，而浮生若夢……」中國古典文人比蘭德更早穎悟生命之火遲早是會熄滅，因此秉燭夜遊，開瓊筵，飛羽觴……都是爲了在人生悲沈的低調中尋求高調。

文學就是高調中的高調。

我們這些來自歐洲十二個國家，熱愛文學的一群，都試圖在「天地逆旅，人生過客」中追尋文學的永恆。

來自西班牙的張慕飛談「創作過程中的障礙」竟聲淚俱下；荷蘭的林湄因潛心創作，經常更深人靜，獨自守著那份才情與寂寞；譚綠屏的〈櫥〉獲得《中央日報》文學獎；余心樂利用上下班在車上構思他的作品；經常被誤認爲趙淑俠同胞妹妹的郭鳳西，追悼慈父，寫成眞摯感人的篇章，爲人傳頌一時。蔣曉明在旅遊中效法徐霞客寫遊記；楊玲苦苦耕耘出一部《獨歸遠》；余力工的政論發表於海內外各大刊物上，他是政論專家並將出版專集；被稱爲「小天使」的楊蔚雲是位虔誠佛教徒，潛心研讀佛學，是位有「慧根的人」；張昭卿一手寫詩，一手作畫；王雙秀抱著「默默」心情獻身寫作，這次大會她擔任翻譯，出版家葉凱就十分讚揚她的德文造詣……還有許多不能參與盛會的歐洲作協會員，如旅居西班牙詩人林盛彬將回國擔任淡江大學教授；學者王安博、劉曉蘇；藝文雙秀馬慧娴；光華雜誌主編秀外慧中的王家鳳；英國大律師出身，也是寫論評的學者李恩國；還有前任「歐洲華文作協」副會長名作家眭澔平……

「歐洲華文作協」的會員並非個個都是傑出的作家，甚至要在文壇佔一席之地也還需要經過歲月與磨練，但值得慶幸是會員彼此間情感融洽，本著造微踵實對文學的熱愛，在寂寞的異鄉薪傳中華文化香火的信念，十分團結。而會長趙淑俠提携後進，培植新秀，鼓勵文友創作的熱忱更令人感動，這位麗質天生的大姐姐待文友們情同手足。

回到胡桃核的世界

在瑞士回法國巴黎的旅途中，火車發出低沈隆隆的吼聲，車窗外浮著閃亮的光波，就像燈火反映在水面上形成的光波那樣漾溢著詭謎的美，夜逐漸深了，車廂內的人都沈沈入睡，田野、森林、樹、花都褪去色澤，大地也在夢鄉中。

明天一早我就回凡爾賽了。

回到我那寂寞、安靜、胡桃核般的世界。

那一幕幕溫暖溫馨的情景，就在深夜的列車上一再映現在腦的螢光幕上；結束英文講題時郭鳳西悄悄一聲讚美：「講得眞好！」王雙秀說：「妳譯〈桃花源記〉譯得美極了……」符兆祥也說：「妳的英文很優雅……」

讚美是一種藝術，而友情更彌足珍貴。

又回到十九世紀「香樹麗舍聖母巷」雨裡的寓所，那是文友迸發出創作火花的沙龍，或倫敦「葬花巷」(Blooms Bury)文人雅集，其中還有維珍妮亞、吳爾芙……或像〈蘭亭集序〉知己相聚，玩起一場「流觴曲水」的雅戲……

臨別時，楊玲肅穆的表情，瑩瑩的淚光，不知愁的小天使楊蔚雲雖沒將離情別緒掛在臉上，卻熱情邀請文友到她瑞士家中小聚，西班牙名詩人 Mr. Antonio Porpetta 一路送我們到車站，三天朝夕相處，已與大家水乳交融般投契……想起在楊玲房中共分一個哈密瓜的晚上，女士們銀鈴般的笑聲、幽默風趣的話題，共分一個瓜、共享一份異鄉的情誼，多麼美好的瑞士伯恩古城的夜晚，街頭催人入眠的鐘聲一定響過幾回了，大家才意興闌珊回房休息。

回來後收到郭名鳳優美的小箋：

一個屬於文學、不朽的金秋將永留心坎。

一九九三、十一、五《世界周刊》

三民叢刊書目

㉔臺灣文學風貌　李瑞騰著
㉕干儛集　黃翰荻著
㉖作家與作品　謝冰瑩著
㉗冰瑩書信　謝冰瑩著
㉘冰瑩遊記　謝冰瑩著
㉙冰瑩憶往　謝冰瑩著
㉚冰瑩懷舊　謝冰瑩著
㉛與世界文壇對話　鄭樹森著
㉜捉狂下的興嘆　南方朔著
㉝猶記風吹水上鱗　余英時著
•錢穆與現代中國學術
㉞形象與言語　李明明著
•西方現代藝術評論文集
㉟紅學論集　潘重規著
㊱憂鬱與狂熱　孫瑋芒著
㊲黃昏過客　沙究著
㊳帶詩蹺課去　徐望雲著

㊴走出銅像國　龔鵬程著
㊵伴我半世紀的那把琴　鄧昌國著
㊶深層思考與思考深層　劉必榮著
•轉型期國際政治的觀察
㊷瞬間　周志文著
㊸兩岸迷宮遊戲　楊渡著
㊹德國問題與歐洲秩序　彭滂沱著
㊺文學關懷　李瑞騰著
㊻未能忘情　劉紹銘著
㊼發展路上艱難多　孫震著
㊽胡適叢論　周質平著
㊾水與水神　王孝廉著
•中國的民俗與人文
㊿由英雄的人到人的泯滅　金恆杰著
•法國當代文學論集
(51)重商主義的窘境　賴建誠著
(52)中國文化與現代變遷　余英時著

53 橡溪雜拾　思果著
54 統一後的德國　郭恆鈺著
55 愛廬談文學　黃永武著
56 南十字星座　呂大明著
57 重疊的足跡　韓秀著
58 書鄉長短調　黃碧端著
59 愛情・仇恨・政治　朱立民著
——漢姆雷特專論及其他
60 蝴蝶球傳奇　顏匯增著
——真實與虛構
61 文化啓示錄　南方朔著
62 日本這個國家　章陸著
63 在沉寂與鼎沸之間　黃碧端著
64 民主與兩岸動向　余英時著
65 靈魂的按摩　劉紹銘著
66 迎向眾聲　向陽著
——八〇年代臺灣文化情境觀察
67 蛻變中的臺灣經濟　于宗先著
68 從現代到當代　鄭樹森著
69 嚴肅的遊戲　楊錦郁著
——當代文藝訪談錄
70 甜鹹酸梅　向明著
71 楓香　黃國彬著
72 日本深層　齊濤著

⑦③美麗的負荷

封德屏 著

本書是作者從事寫作的文字總集。有少女時代所寫，如詩如歌的雋永小品；更有以求眞存眞的態度詳實記錄而成的報導文字，對象涵蓋作家、影劇圈、藝術家等文藝工作者的訪談記錄。值得有心人一起駐足品賞。

⑦④現代文明的隱者

周陽山 著

生爲現代人，身處文明世界，又何能自隱於現代文明？本書內容包括散文、報導文學、音樂、影評、書評等，作者中西學養兼富，體驗靈敏，以悲憫之心關懷社會，以詳贍分析品評文藝，是學術研究外，結合專業知識與文學筆調的另一種嘗試。

⑦⑤煙火與噴泉

白靈 著

本書詳盡的評析了新詩的源起及演變、臺灣詩壇的今與昔，除介紹鄭愁予、葉維廉、羅青等當代名家的詩作及創作理念外，並給予初習新詩者的入門指引，值得想一探新詩領域的您細細研讀。

⑦⑥七十浮跡
・生活體驗與思考

項退結 著

本書是作者一生所思所悟與生活體驗。從青年時米蘭求學，到「哲學之遺忘」的西德八年，再到主持《現代學苑》實踐對文化與思想的關懷，最後從事教學與學術研究的漫長人生歷程。雖是略帶有自傳性質，卻也反映了一個哲學人所代表的時代徵兆。

⑦⑦永恆的彩虹

小民 著

問世間情是何物，怎教人如此感念！環遶家園周遭的倫理親情、憶往懷舊的大陸鄉情、恆久不渝的溫馨友情……，是多麼的令人難以忘懷。本書作者以平和的語氣、平實的筆調，娓娓道出人世間的種種至情，讀來無限思情襲上心頭。

⑦⑧情繫一環

梁錫華 著

寫作是件動腦動筆的事，使人保持身心熱切，而創造性的熱切是有助健康和留住青春的。本書作者以其悲天憫人的襟懷，寓理於文，冀望讀者會心處，除了青春、健康外，另有所得。

⑦⑨遠山一抹

思果 著

本書是作者近二十年來有關文藝批評、中英文文學、語文、寫作研究的精心之作。作者學貫中西，探究深微，以精純的文字、獨到的見解，寫出篇篇字斟句酌、妙筆生花的佳作，令人百讀不厭。

⑧⓪尋找希望的星空

呂大明 著

在人生的旅途中，處處是絕望的陷阱，但晚星的光芒是黎明的導航員，雨後的彩虹也會在遠方出現，絕望懸接著希望，超越絕望，希望的星空就呈現在眼前，願這本小書帶給您一片希望的星空……

81 領養一株雲杉

黃文範 著

有人說，散文是作家的身分證，對譯人何嘗不是如此。本書是作者治譯之餘，跑出自囿於譯室門外自遣的心血結晶，涉獵範圍廣泛，文字洗練而富感情，展現作者另一種風貌，帶給讀者一份驚喜。

82 浮世情懷

劉安諾 著

本書是作者以其所思、所感、所見、所聞，發而爲文的結集。作者才思敏捷，信手拈來，或詼諧、或雋永，皆屬上乘。在這匆遽忙碌的時代，不妨暫停一下，此書當能博君一粲。

83 天涯長青

趙淑俠 著

文藝創作者身處他鄉異國，該如何面對因文化差異所帶來的困擾？本書所描寫的，是作者旅居異域多年的感觸、收穫和挫折。其中亦有生活上的小點滴，時而凝重、時而幽默，清晰的呈現出東西文化的異同風貌，讓讀者享受一場世界文化的大河之旅。

84 文學札記

黃國彬 著

作者放眼不同的時空，深入淺出地探討文學的現象、趨勢，以至個別作家的風格，舉凡詩、散文、小說、文學評論等，都能道人所未道，言人所未言，把學問、識見、趣味共冶於一爐，堪稱文學評論集的佳作。

⑧⑤訪草（第一卷）

陳冠學　著

本書是作者於田園生活中所見所感之作，內有田園畫，有家居圖，有專寫田園聲光、哲理的卷軸。喜愛大自然田園清新景象的讀者，將可從中獲得一份未曾預期的驚喜與滿足；另有一小部分有關人性與人生哲理的文字，則會句句印入您的心底。

⑧⑥藍色的斷想

・孤獨者隨想錄

A・B・C全卷

陳冠學　著

本書是作者暫離大自然和田園，帶著深沉的憂鬱面對人世之作。一路上你將有許多領略與感觸，時或有天光爆破的驚喜；但多數時候，你的心頭將披著一襲輕愁，甚或覆著一領悲情。這是悲觀哲學，卻是被熱情、關心與希望融化了的悲觀哲學。

⑧⑦追不回的永恆

彭　歌　著

本書是《聯合報》副刊上「三三草」專欄的結集。作者以其犀利的筆鋒，對種種社會現象痛下針砭，冀望這些警世的短文，能如暮鼓晨鐘般，在這變亂紛乘的時代，起著振聾發聵的作用。

⑧⑧紫水晶戒指

小　民　著

俗世間的珍寶，有謂璀燦的鑽石碧玉，有謂顯榮的列鼎封侯。其實生活就是人生最美的寶物，不假外求。非常喜愛紫色的小民女士，以她一貫親切、自然的文筆，輯選出這本小品，好比美麗的紫色禮物，要獻給愛好文學也愛好生活的您。

⑧⑨心路的嬉逐

劉延湘　著

本書筆調清新幽默，論理深刻而又能落實於生活踐履。走一趟作者精心安排的「心路」之旅，您將莞爾一笑，心情頓時開朗。而您也將發現，原以爲只是一條山間小路，結果卻是風景優美，鳥語花香的舒坦大道。

⑨⓪情書外一章

韓　秀　著

情與愛是人類謳歌不盡的永恆主題，它爲空虛貧乏的現代生活加減了無數的色彩。本書記錄下了作者在日常生活中感受到的親情、愛情、友情及故園情，在書中點滴的情感交流裡，在這些溫馨的文字中我們是否也能試著尋回一些早已失去的東西。

⑨①情到深處

簡　宛　著

本書是作者旅美二十五後的第二十五本結集。身爲一個教育家，作者以其溫婉親切的筆調，寫出篇篇充滿溫情的佳構，不惟感動人心，亦復激勵人性。將愛、生活與學習確實的體驗，眞正感受到人生的有情，生命也因此生意盎然。

⑨②父女對話

陳冠學　著

一位老父與五歲幼女徜徉在山林之間，山林蓊鬱，山泉甘冽，這裡自有一份孤獨的甘美。本書是記述作者父女在人世僻靜的一個角落，過著遺世獨立的生活的文字畫。舉世滔滔，這應是一面明鏡，堪供讀者對照。

⑨③陳冲前傳

嚴歌苓 著

在好萊塢市場，多少人一夜成名直武青雲，又有多少人一朝雲中跌落從此絕跡銀海。身為一個中國人，陳冲是經過多少的奮鬥與波折，身為一個聰慧多感的女子，她又是經過多少的心路激盪，才能處於這洶湧波滔中。本書將為您娓娓道出。

⑨④面壁笑人類

祖慰 著

本書是有「怪味小說派」之稱的大陸作家祖慰，在巴黎面壁五年悟得的佳構。他的散文神遊八荒，情貫萬里，將理性的思維和非理性的激情雜揉一起。讀其作品既能吸收大量的科普知識，又可汲取其飄逸文風的美感享受。

國立中央圖書館出版品預行編目資料

尋找希望的星空／呂大明著. --初版. --
臺北市：三民，民83
面；　公分. --（三民叢刊；80）
ISBN 957-14-2059-X（平裝）

855　　　83007925

© 尋找希望的星空

著作人　呂大明
發行人　劉振強
著作財產權人　三民書局股份有限公司
臺北市復興北路三八六號
發行所　三民書局股份有限公司
地　址／臺北市復興北路三八六號
郵　撥／〇〇九九九八一五號
印刷所　三民書局股份有限公司
門市部　復北店／臺北市復興北路三八六號
重南店／臺北市重慶南路一段六十一號
初　版　中華民國八十三年[illegible]
編　號　S 85261
基本定價　肆元
行政院新聞局登記證局版臺業字第〇二〇〇號

有著作權·不准侵害

ISBN 957-14-2059-X（平裝）

尋找希望的星空
編號 S 85261
三民書局